雲居禪話

陈光来 罗勇来 编著

图书在版编目（CIP）数据

云居禅话 / 《云居禅话》编委会编. -- 北京 : 中国文史出版社, 2020.12
ISBN 978-7-5205-2834-4

Ⅰ. ①云… Ⅱ. ①云… Ⅲ. ①随笔—作品集—中国—当代 Ⅳ. ①I267.1

中国版本图书馆 CIP 数据核字(2020)第 253920 号

责任编辑：全秋生

出版发行：中国文史出版社
地　　址：北京市海淀区西八里庄路 69 号　　邮编：100142
电　　话：010－81136602　81136603　81136606（发行部）
传　　真：010－81136655
印　　装：北京温林源印刷有限公司
经　　销：全国新华书店
开　　本：787×1092　1/16
印　　张：15.25　　字数：240 千字
版　　次：2021 年 2 月北京第 1 版
印　　次：2021 年 2 月第 1 次印刷
定　　价：58.00 元

编 委 会

序　言

云居山是一座禅山，在江西省永修县（古称海昏县、建昌县）境内，巍峨耸立于鄱阳湖西岸，为幕阜山余脉，长年云雾缭绕，气象万千，更以千百年来禅风浩荡、高僧大德过化传承、禅学积淀深厚而享誉海内外。

早在三国时期，来华传法的西域高僧康僧会就在海昏活动过。当时吴主孙权对他热情有加，支持他在自己的政区内传教。晋太康元年（280），康僧会在海昏县吴城山望湖亭处，创建了神会庙和经堂寺。

两晋之后，建昌县也有建寺、讲佛的记录。比如，梁朝释福安创建广济院，释善道创建了西苑院、资化院；隋朝释慈善创建了冯山院，福和尚创建了内宫院，法瑞和尚创建了释灵院等。

唐五代时期，高僧马祖道一偕同弟子们，呕心沥血传法江西，兴建了四十八家丛林，其中建昌县有五家，佛教文化在建昌蓬勃发展。

由于“三武一宗”毁佛法难迭起，原本弘传经典的佛教文化渐渐弱化。而适者生存，顺应中国文化的禅宗，在唐晚期及宋朝异军突起，成为佛教最兴盛的一段时光。

禅宗是中国化佛教的主要门派之一，同样也来自佛祖。但是，禅文化独树一帜，自成体系，则是汉传佛教所独有的现象。禅宗以佛祖释迦牟尼灵山付法、迦叶拈花微笑获得心印为缘起，传承二十八代至达摩大师。达摩又从印度传法到中国，被奉为东土禅宗初祖。

南朝梁时期，达摩登陆广州，在中国境内足迹遍布，最后落脚嵩山少林寺。他“一苇渡江、面壁九年”，又把《楞伽经》及袈裟作为信物，嘱托交付给二祖慧可，递次为三祖僧璨、四祖道信、五祖弘忍，直到六祖慧能。慧能的弟子法海，把慧能的言论汇编为禅宗的根本大典《六祖坛经》。它是禅宗发展的理论基础，使禅宗走上了快速发展道路，形成“五宗七叶”的繁盛局面，辗转千年，弘传至今。

永修县境内以云居山真如禅寺为代表的禅宗文化，历史性地参与了这个悠长的发展进程。历代高僧如道容、道膺、契环、佛印、元佑、克勤、宗杲、洪断、戒显、元鹏、虚云、一诚等，在山上参禅论道，融汇经典，著书立说，将中国禅文化推上了一个个高峰。在云居山上，他们住锡弘法，殷勤开示，留下了许多佳话。他们化身为善知善念、德行清净的大德，化除烦恼、涤荡心灵的上师，以禅的思想度己度人，传扬佛理，解决了信众的痛苦，提供精神皈依，庄严众生，传播知识，丰富文化艺术。

与此同时，各时代的名流志士参禅悟道也蔚然成风，与禅文化、禅僧、禅山交融。诸如白居易、苏东坡、黄庭坚、秦少游、熊德阳等名家，先后在云居山谈法悟禅，留下了不少遗惠后世的诗文与佳话。

自新中国成立以来，云居山禅宗道场真如禅寺得到虚云老和尚驻足重建，各殿堂一应俱全。以此为基础，传承禅宗五脉，启发培养禅宗人才，从而使禅宗法脉流布海内外，禅文化的内涵更加丰富多彩。

如今，欣逢盛世，百业兴旺。站在历史高处，我们坚持弘扬优秀人文传统，对以云居山为代表的禅文化进行梳理、挖掘，讲好云居故事，希望能为民族复兴大业尽一分微薄之力，不胜欢喜！

杨泽旗

2020 年 10 月 17 日

目　录

第一章　建昌禅风起

永修县早期属于艾邑，在不同的历史时期，曾为海昏县、建昌县，其中以建昌立县时间跨度最长。南北朝元嘉二年（425），合并了海昏县、古永修、古建昌（今奉新县）等地，设立建昌县，县治在艾城，先后相沿了一千五百二十四年。早期建昌县地域广阔，包括了今天的永修、武宁、奉新、新建、修水、靖安、铜鼓、安义等地域，后屡经变迁划出多个县域。民国 3 年（1914），因四川有一个同名的建昌道，故更名为永修县，取“泮临修水，永蒙其利”之意。

在建昌县内，除了早期禅林和马祖新建道场，作为建昌本土人士的高僧惠钦、云岩昙晟、道吾宗智，生于斯、长于斯，为中国的禅宗文化兴起做出了巨大贡献。随后，道容、道膺将禅宗在云居山扎根，开花结果。其后，世代源源不息。可以说，建昌境内的禅宗文化源远流长。

第一节　马祖建道场

据《永修县志》记载，在柘林黄荆洞山脚下，有座金陵寺，相传为三国时期吴王孙权祖母的念佛堂。宋朝僧人释善恩曾经重建，明末再修复。

晋朝时期，建昌县内至少出现过三处庙宇：神惠庙、宁国院、资化院。其中，吴城望湖亭下的神惠庙，为僧人康僧会在280年初创，今不存。安义乡宁国院，在今安义县城南三里，为晋义熙年间僧人灵谷所建，清同治时已经废为民址。控鹤乡资化院，在今安义县城东二十四里，为晋朝释善道所建，元朝废，清同治时还存有遗址，今不在。

唐朝时，释悟真在马口镇城丰胡家附近建造了龙潭院。后来释道丕曾住持。时人赞誉说："龙潭上龙潭下，山水真如回。君子居之，名满天下。"

中唐时期的禅宗伟人马祖道一禅师，对建昌禅文化做出了重要贡献。马祖（709-788），俗姓马，号道一，今四川什邡马祖镇人。他十二岁出家，二十六岁在衡山结庵而居，常习坐禅，昼夜用功。

有一天，怀让禅师见马祖道一整日呆坐，便问："你整天坐禅，图个什么？"

马祖答道："我想成佛"。

于是，怀让禅师随手拿起一块砖头，在石头上磨起来。

马祖困惑不解，问："您这是做什么呀？"

怀让说："我在磨砖作镜。"

马祖惊异不已说："磨砖如何能成镜？"

怀让道："既然磨砖不能成镜，那么坐禅又如何成佛？"

马祖闻听，豁然开悟。开悟后，马祖道一四方传法。

代宗大历八年（773），时任江西观察使的路嗣恭，邀请马祖道一来到洪州钟陵开元寺传法。马祖以"即心是佛、非心非佛、平常心是道"为宗旨，在南昌一带建庙、讲法。当时，各地信众蜂拥而至，以至于“天下极盛佛法，无过洪府”，形成了风行天下的洪州禅，嗣法大弟子达到一百三十九人。

据记载，马祖道一在建昌县创建了大果寺、大唐寺、马祖院等五座庙宇。

大果寺，因寺有梨树，结实如斗而得名。始建于建昌县城东，宋朝开始移建城西鹤鸣山。二十世纪八十年代，法华和尚把大果寺迁回东门的原址，再建庙宇，现得到扩建。

大唐寺，旧名惠因院。盛于唐宋，在今安义县北。

有关马祖圆寂，还有一段神奇的故事：在唐贞元四年（788）的正月，马祖带着弟子们在建昌县石门山上行走。他忽然对弟子们说:“我的骨头，下个月当安葬在这里。”

当时大师身体还很好，弟子们没有人能够理解这话。回去之后，马祖道一很快就生病，延至二月初一日，他就涅槃了。皇帝给马祖道一赐谥号为“大寂”禅师。

洪州刺史李兼和建昌县令李启很崇信马祖道一禅师，均为其俗家弟子。在马祖荼毘后，得到舍利子。由两人主持，将马祖的舍利子建塔安葬。弟子们就地建起了泐潭寺（今靖安宝峰寺）来纪念他。他的信物得到后世的守护，其墓塔虽然被毁两次，但是重修了六次。现得到完整保护。

马祖的弟子怀海（750-814）也是一位高僧。据传，他曾在建昌县修行讲法，草创了崇福寺及苦慧寺等庙宇。后来，他去了奉新，开辟百丈寺，在那里创立了“农禅并重”的禅风和丛林清规。这些清规先后被元朝顺帝和清雍正帝接受，修订后颁诏天下，让各寺庙依规实行。从此南禅宗的思想，基本上统一了汉传佛教。

马祖与怀海的事迹与功绩，被人誉为“马祖建丛林，百丈立清规”。

第二节　惠钦创律仪

唐朝时期，除了名震后世的马祖道一禅师之外，与建昌密不可分的，还有惠钦、云岩昙晟、道吾宗智这三位本土僧人，他们都是一代高僧，尤其是昙晟禅师与曹洞宗形成有着很深的渊源。

惠钦，洪州建昌徐氏子，为汉朝南州高士徐孺子后裔。二十二岁时，惠钦徒步来到临川楮山出家，五年后在高安龙岗寺受戒，又跟从高僧钦智禅师学习律藏，逐渐成为大材，得悟开化。

玄宗开元末，惠钦北游京师，四处传讲《涅槃经》《俱舍论》《维摩金刚经》等佛典。他的讲法精妙，如吐莲花，深深吸引世人，每天座下有两三千人。他的事迹被达官显贵及帝王所熟悉，并被誉为洪州灵杰。佛典中，不吝溢美之词，高度赞誉他的律学造诣、传布佛法和创作水平：“阐律藏而日月光明，骋辩才而龙象蹴踏”“坚持律仪而志在弘济，好读《周易》《左传》下笔成章。”

756 年，安禄山作乱，中原不宁。惠钦只得回到南昌，住锡在龙兴寺，这段期间，他写下了《龙兴寺戒坛碑》。

当时，居住在江西的永王李璘有争夺皇位的举动，惠钦怕受牵连，选择了回避，深入人迹罕至的深山，渡江到西山的双岭，查考名僧观显禅师的遗踪。他在梅岭山中奔走，最终选定了洪崖丹井鸾岗以南的山丘溪水旁。在那里结茅建舍，取名叫“光孝寺”。

在此向信众们讲法。禅讲之余，惠钦总结自己关于律宗的思考，又倾心创作了理论著作《律仪辅演》十卷。

当时的鲁郡公、抚州刺史、大书法家颜真卿也是惠钦的支持者之一。唐大历四年（769），颜真卿把临川城外古代谢灵运曾翻阅《涅槃经》的古台改造为兰若。在请示皇帝同意后，他把这座寺庙称为宝应寺，邀请惠钦前来，在高台聚众主讲，其他高僧及大众前来听法，前后长达一年的时间，一万多人受戒。在此期间，颜真卿曾创作了《抚州宝应寺律藏院戒坛记》，总结惠钦的事迹说："江岭湖海之间，幅员千里，像法于变，皆（惠）钦化道之力焉。"

此外，惠钦所开辟的光孝寺，一百多年后，被南平王钟传捐助重建，并改名天宁寺。该寺庙受到世代重视与坚守，以至于千年来屡废屡兴。二十世纪六七十年代，殿宇被全部拆毁，仍有居士在偏屋里坚持守护。1986 年，天宁寺得到重建，现在已成为江西省重点比丘尼佛寺。

第三节　“乌鸦头白”话宗智

另一位值得一提的本土高僧宗智，别名园智，皇帝赐谥号：修一禅师。他是豫章海昏张氏子，从小出家。后来在药山成为惟俨禅师的嗣法弟子。得道之后，宗智在潭州（今长沙）道吾山建寺、传法，世称道吾宗智。

宗智与当时的高僧药山惟俨、南泉普愿、沩山灵祐、云岩昙晟等人的对答中，留下了饱含禅意的智慧妙语。其中许多话语透过文字，可以看见禅机光芒：

药山惟俨问：“你从哪里回来？”

宗智回答：“刚刚游山归来。”

药山惟俨追问：“上山都看到什么？赶快给我说，否则不得离开此室。”

宗智回应偈语道："山上乌儿头似雪，涧底游鱼忙不彻。"

这句"乌鸦头白"便成了禅宗公案之一。按照我们现在的思维理解，山上的乌鸦头白如雪，必然是隆冬时节，而且经霜历雪，犹如禅人受尽思想煎熬。但是与此时的室内形成强烈反差，山泉冒着热气，涧底游鱼浑然不觉，依旧在优哉游哉。当时静室之内，师徒心灵交流，思想碰撞中电光石火迸发。试想在那万物萧杀、茫茫无边的环境里，山高野渺，游鱼、乌鸦动静相间，如诗如画，定能悟出"孤舟蓑笠翁，独钓寒江雪"的禅意，而且宗智这个偈子，语言灵动妖娆，其意境、画面感不逊于此。

在道吾宗智圆寂之时，他对诸位嗣法弟子说：有受非偿，子知之乎？吾当西迈，理无东移。也就是说：自己临终受到的痛苦并非偿还苦谛，弟子们能体会吗？因为自己平生光明，俯仰无愧，所以依理只会西归极乐，而不会相反。

虽然宗智并未断定自己已然证果，但已透出了他的通达与虔诚。

第四节　"宝镜三昧"歌昙晟

第三位唐代建昌本土高僧叫作昙晟（782-841），俗姓王。据传，昙晟刚出生时，就带有右肩袒露的胎衣，像僧服一样。机缘和合，少年时，他就在建昌县石门泐潭（今靖安宝峰）出家，并在住持怀海禅师身边作了侍者，后随怀海禅师来到百丈寺弘法。但在百丈怀海身边，他始终未契因缘，便前去参拜药山惟俨禅师。药山惟俨问他，怀海禅师是如何讲法的，讲过什么法？昙晟一一作了回答。药山惟俨闻之大喜："从你嘴里，我才得知怀海师兄的大机大用啊！"昙晟禅师听到药山惟俨禅师如此

评价怀海，也猛然顿悟。

昙晟深居山间，十三年不曾下山，逐渐形成了自己的禅理。《宝镜三昧歌》是他的悟道成果。歌中的文辞简练，却奥义无穷，把他修持的精华思想包容其中。歌里面三句话特别有意义。其中“汝不是渠，渠正是汝”，包含了“体”“用”之间的偏正回互关系。“宗通极趣，真常流注”，这句进一步解决了圆融顿渐的问题。“臣奉于君，子顺于父”，便是曹洞宗思想“君臣五位”的开始。

昙晟与师兄道吾宗智相互激发，先后参透机缘。开悟得道后，昙晟选择了湖南潭州（今长沙）云岩山，创建云岩寺，人称他为云岩昙晟。他开坛为僧众和百姓讲法，阐述宝镜三昧道理，参学者众多，其语录被信众广泛传播，被称为至理。

841年农历十月二十七日，昙晟在江西分宁（今修水）的云岩寺示寂。朝廷给他赐谥号叫“无住”“无相”禅师。

云岩昙晟与前辈南泉普愿、师兄道吾宗智、弟子洞山良价等人，有不少机锋对答，妙语连珠。

据台湾蔡志忠先生《不答之答》图解，记录他与洞山良价一条公案：

> 云岩昙晟禅师是药山禅师的弟子，是洞山良价禅师的老师。
>
> 有一次昙晟禅师对众人说：“任何人向我提出问题，我都能回答。”
>
> 洞山禅师就问：“你住的书房里有多少典籍藏书？”
>
> 昙晟禅师回答：“一个字也无。”
>
> 洞山良价再问：“既然一字也无，为何如此多闻，什么问题都能回答呢？”
>
> 昙晟禅师说：“我日夜都不睡觉。”
>
> 洞山良价问说：“我可以向你请教一个问题吗？”
>
> 昙晟禅师回答：“我的回答就是不回答；你可以问我，但我是不会回答的。”
>
> 洞山良价听了怀疑地说：“既是没有不能回答的问题，为什么又不回答呢？”
>
> 昙晟禅师说：“因为不回答才是真正的回答。”

晚年，昙晟把自己的《宝镜三昧歌》传给了洞山良价（807-869），洞山良价是曹洞宗的始祖，他又传法给了云居道膺。其后，曹洞宗便在云居山扎根下来。

第二章　云居古道场

永修县内的禅宗古寺庙不下百家，其中以云居山真如禅寺为龙头，其他几处千年古刹，如瑶田寺、同安寺、云门寺、大果寺等并立发展至今。

云居山坐落在永修县西南部，为幕阜山脉之余脉，地貌多为陡崖及线状山间谷地。地域总面积二百余平方公里。最高山峰为五老峰，海拔九百六十九点七米，森林覆盖率达到百分之九十以上，环境奇特，资源丰富，多有珍贵动植物。山顶海拔七百米左右处有一平地，四面山峰环列，围成莲花状，被称之为莲花城，真如禅寺坐落其中。

云居山原名欧山。相传战国末年，秦灭六国，楚将军欧岌为保护楚怀王之后裔康王避难于匡庐，不幸康王走失，欧岌遁入此山隐居。人们就以将军名字来命名这座山，称为欧山或欧岌山。宋人曾在真如禅寺明月湖东面林中建将军塔，以纪念欧岌。

南唐时，因此山“山势雄伟高峨，常为云雾所抱”，故改名为云居山。

第一节　道容开山

唐僧道容禅师是云居山真如禅寺的开山祖师。据《云居山志》及南宋张大猷撰《云居开山缘起记》所述，唐宪宗元和元年（806），道容禅师住在云居山南麓，搭建茅棚，一住就是三年，创建了保定寺（今瑶田寺），讲经传法。在保定寺的第三年，修水黄龙山永安寺（黄龙寺）的名僧司马头陀过访。他善于看风水，被人称

为神眼。他到了保定寺，拜会道容禅师，对道容禅师说：“我从南岳衡山跑起，走了十五年，只有云居山顶这里的风水最好。”

次日，道容禅师和司马头陀一起登山选址，看到山顶有一处像莲瓣伸展围绕的天然地形，就在其西南侧确定禅院地址。于是，道容禅师率人披荆斩棘，开基建庙，弘扬禅宗佛法，把禅院打造成庄严道场。

云居山的盛名传到朝廷，唐宪宗李纯大加赞赏，赐名叫作“云居禅院”。这块宝地后来有了一个诗意的名字叫莲花城，系明末住持戒显禅师所取。

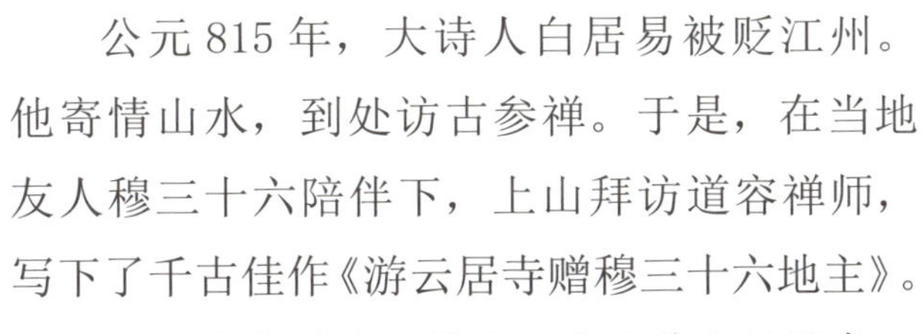

公元815年，大诗人白居易被贬江州。他寄情山水，到处访古参禅。于是，在当地友人穆三十六陪伴下，上山拜访道容禅师，写下了千古佳作《游云居寺赠穆三十六地主》。

乱峰深处云居路，共踏花行独惜春。
胜地本来无定主，大都山属爱山人。

古籍还记录了云居山的安乐神、五通神的来历。建造真如禅寺之前，道容禅师曾夜里梦见五位神人托梦，说有位高人将带他到云居山顶。果然，司马头陀前来拜访，结伴上云居山，一路上有白鹿衔花引导，他们跟随白鹿来到云居山的莲花城。当晚，他们就在那里露宿。夜间，五位神人再次入梦，拜托道容就此建庙。三天后，道容禅师又见到了这五位神人，询问他们去哪里安身？五神人回答：“后山的安乐树（榧树）那里可以居住。”从此，他们与道容禅师朝夕相处，

安乐生活。后来，僧人建殿纪念。

道容禅师圆寂后，葬于本山，其花岗石塔至今尚存，在真如禅寺前左侧、袈裟峰山坡上。二十世纪六七十年代，石塔遭到捣毁，后修复。

道容禅师之后，其弟子全庆、全诲先后继任住持，坚守于唐朝大和、开成、会昌年间。两人都曾协助师父开创云居禅院，卓有功绩。他们这一支禅人，在山上传法前后七十余年。

其后，因缺少贤能的住持，禅院的香火渐衰，名声慢慢湮灭，呈现出一派荒凉败落的景象，亟须大能大德的高僧前来主事，期待振兴。

第二节 道膺传法

道容开山建寺多年后，曹洞宗第二世祖道膺（835-902）应邀而来。他是曹洞宗创始人洞山良价的法嗣，时称“南宗伟人”，俗姓王，河北蓟门玉田人。

在惠能之后，禅宗逐渐形成五支，分别为临济宗、曹洞宗、沩仰宗、云门宗、法眼宗。其中曹洞宗源自洞山良价、曹山本寂（840-901）。它可以上溯到中唐的吉安青原山行思及其弟子石头希迁，递次为药山惟俨、南泉普愿及云岩昙晟，而以洞山良价、曹山本寂师徒二人为标志，合称“曹洞宗”，也有人称为“洞曹正宗”。后以“五位君臣”为教义，形成“家风细密，言行相应，随机利物，就语接人”的曹洞禅风。

当时，良价把曹洞宗倾力传授给弟子本寂和道膺，并把道膺许为门下弟子中的领袖。他多次集众赞颂道膺说：“此人，就是千人万人也挡不住他。”

道膺开悟之后，先到江西三峰（今宜丰县城北三里处）独立演法弘宗，阐教传灯。他学到了洞山良价学说的精髓，又融汇了自己的深刻见解，其法大受欢迎，影响日益扩大，名声也逐渐响亮起来。

当时，统治江西中部地区的是镇南节度使钟传（约842-906），祖籍高安，从唐乾符四年（877）开始，聚兵攻占抚州、洪州等地，主政江西近三十年，被封爵为南平郡王。钟传笃信佛教，礼敬大德，他久闻道膺的大名，真心诚意地接纳他，把道膺请到了豫章使署，恭请他开示教诲，发愿要世世代代奉道膺为师，做好檀越护法。唐僖宗中和三年（883），云居禅院僧人恳请道膺前来主法。钟传听了非常高兴，就极力邀请道膺上云居山，道膺答应了。

上云居山后，道膺看到了云居禅院的困难情况，立誓振兴这座道场。在山上，道膺殚精竭虑，呕心沥血，播扬曹洞宗教义二十年。他募资重建了殿宇楼阁、僧舍，添置了各类书籍与法器。庙内香火法事越来越旺盛，住众多达一千五百人以上。

南平王钟传多次朝山设供，塑像铸钟，购置用品捐赠，每每施金逾万。经钟传申表上奏，皇帝亲赐寺名，改为“龙昌禅院”，并赐给道膺紫袈裟。

道膺禅师循循善诱，收弟子千人以上，最著名的高徒有十九位，如，道简、道昌、道丕、怀岳、怀恽、澹权、本空、利严、南台、丰化等，其思想得以逐步散播，传遍南北，甚至远达东南亚。其中，新罗（今属韩国）的利严禅师得到道膺传授，回到新罗后，在须弥山创建了广照寺，开创了韩国曹洞宗须弥山派。在新罗国被高丽国所统一后，道膺的另一位徒弟庆甫禅师回到祖国，

也把曹洞禅传播到朝鲜半岛。

过了几百年，南宋嘉定十六年（1223），日本禅师希玄道元来华求法。他追随道膺的法孙——如净禅师参学，回国后，把曹洞宗道膺思想引入了日本。直到现在，日本佛教界依然把真如禅寺尊为曹洞宗祖庭之一。

道膺另一位弟子本空（号佛日）也是一代宗师。他从小思维敏捷，佛学辩论无人能敌。于是，骄傲地说："谁能说服我，才配当我的师父"。本空十三岁时，来到龙昌禅院，参拜道膺。两人机语相接，辩驳多轮，最后被道膺禅师折服，成为道膺法嗣，还住在云居山四年。他后来住持杭州径山的佛日寺，传播曹洞思想。

千年以来，曹洞宗的发展绵延不绝。当年，洞山良价和首席弟子曹山本寂功不可没。但是，本寂授徒不多，弘化不广，传播几代以后就消失了。而获得良价禅师宗旨与精神的道膺，把曹洞

宗流传了下来。无论从其阐扬教义的深远广大方面，还是从门徒弟子众多方面，道膺都是曹洞传承的关键。后世曹洞宗所奉行的基本上还是道膺精神，真如禅寺也相应地成为曹洞宗传播的祖庭。这一现象，后人概括为“宗风启洞山”。

唐天复二年（902），道膺禅师在寺中圆寂。唐昭宗赐谥号“弘觉”。钟传闻讯，大为伤悼，提供大量钱物，作为丧葬费用。天下丛林各大道场、僧俗两界大德名士都派人或亲自赶来顶礼参祭。祭桌遍地，果馔罗列，一时盛况空前。道膺的德望之高，影响之大，由此可见一斑。在云居山上，至今还保留了多处与道膺有关的古迹。

一是膺祖塔（弘觉禅师塔）。膺祖塔坐落于赵州关外东北侧约一百五十米处大道旁，即钵盂山东麓山脚下。始建于唐天复二年，后被毁，1985 年修复。塔座昂然，塔院轩敞。和宋朝所建的高僧普同塔、众僧普同塔矗立在同一个塔坪，呈梅花形，道膺塔居中。塔的碑顶端镌有横排篆书体“敕赐云居弘觉禅师”八字。下面镌有竖列楷书字体的《重录曹洞正宗二世道膺祖师志序》。塔坪入口处两侧前沿，相距六米各立有两根石柱。近侧一根高一米半，远侧一根高两米半。相传此四根石柱为唐代塔院之遗物。

据查，真如禅寺多次重修殿宇，都为道膺塑像建殿，以永续纪念。

二是弘觉道场石刻。坐落在云山水电站机房东南侧旁，系一水平巨石上镌刻有“洪觉道场”（弘觉道场）四字，字系隶体，约一点二米见方，风格超脱，见于一方框之中。相传道膺禅师在此讲经说法，系宋代住持佛印了元禅师题写。

三是手植银杏（白果树）。银杏是珍贵稀有的中生代孑遗树种，被国家列为二类保护植物。在真如禅寺院墙周边，有古银杏

禪

十四株，为道膺亲手所植，距今一千一百多年。以鼓楼后面那株银杏为代表。这棵树高三十二米，直径两米，胸围六点一米。树荫覆盖直径九米，枝繁叶茂，蓊郁苍翠，其拔地参天之势，堪与庐山“三宝树”中的古银杏相媲美。

云居山银杏果实分为有心、无心两种，其中无心银杏两株，堪称奇景。明代达观真可禅师曾有诗赞真如禅寺那株无心银杏：

有实无心事最真，难将此语对旁人。

只须自己亲尝嚼，始信欧峰别样春。

四是五龙潭神话。出真如禅寺赵州关，循大道往东北，沿溪流而下，约三里许，有一处峡谷，东侧为毛窝山，西侧为仰天窝，两峰夹有一潭，称“五龙潭”。其深六七米余，面积约五百平方米，天然浑圆，潭深色碧，水珠溅沫，在日光照射下闪耀夺目。周围岩壁离地十多米，陡峭润滑，瀑布喷泻犹如白练悬挂，又如五条巨龙呼啸而下。

相传，道膺禅师在云居山开山讲法，有五位老人常来偷听，道膺派人尾随查访，见五位老人跃入深渊，化为五个深潭。于是，后人称之为“五龙潭”。

五是赵州关故事。从谂（778-897）禅师，因主持河北赵州（今赵县）观音院，也称赵州和尚。他有一则“吃茶去”的公案，影响深远。他开辟了一种内省参悟“庭前柏树子”的宗风，被人称为“赵州门风”。

赵州和尚在一百多岁时，还到处行脚参方。他专门到云居山朝觐，拜会道膺禅师。听说赵州和尚来了，道膺走到山门外迎接。两人相会于龙昌禅院外的明月湖前，两位禅师机锋相对，你来我往，各有所得。赵州和尚在山上住了一段时间。临别时，道膺又送赵州和尚至山门外，两人依依不舍。宋人将他两人相见分别处

称之为赵州关，并建山门以示纪念；还邀请王安石的外孙吴说题写“赵州关”三字，字迹苍劲端正，请人镌刻于石壁。当时，宋高宗赵构反复仿写吴说的字，先后写了十多副，都没有办法比得上，只好作罢。

第三节　高高山顶立

道膺之后，其弟子道简、道昌、怀岳、怀满等先后住持云居禅院。

道简也被称为遵简，唐末曹洞宗禅师，河北范阳（今涿县）人。早年在故乡的延寿寺出家，与道膺本来是同门同辈，年龄相当。唐中和三年（883），道膺住持云居禅院，就邀请道简上山。道简到来后，看到道膺志愿宏大、道行高卓，于是倾心折服，拜在门下，以弟子身份追随他，被道膺安排分掌寺务，主管香积厨、炊樵等这些繁杂事务。他始终勤俭持家，任劳任怨，加上年龄最长，做事沉着老练，因而成为道膺最得力、最器重的助手，后担任了首座职位。

唐天复元年（901）冬末，道膺禅师病重。临终前，推荐道简接任住持。最初，山上的当家师对继任住持道简不服气，甚至故意鼓动僧人违章犯戒，使兴盛的龙昌禅院陷入混乱。道简只得不辞而别，独自下山而去。据说这天夜里，云居山上的安乐树神通宵号泣，悲声震撼天地，合寺惊惶不安。当家师等人大受震动，如梦初醒。于是合寺僧众追赶下山，直追到云居山下的麦洲庄，才追上了道简。当家师当面向道简悔过认错，表示坚决服从领导。经过苦苦哀求，道简终于答应回寺主事。其

后一年，在道简的率领下，寺僧团结协力，勤谨修持，龙昌禅院一直保持兴旺景象。

道简的上堂开示以思维严谨、语言简洁朴素而著称，既有禅悦，又有智识，开一代风气。

有僧人问道简："孤峰独宿时如何？"

道简回答："七间僧堂不宿，谁教你孤峰独宿？"

又问："路逢猛虎时如何？"。

道简马上说："千人万人不逢，如何却是你逢？"

一句话答复，果断清爽，去除无谓的恐惧，具有禅悟的深意。

道昌，又叫山昌，是道膺的另一位法嗣。唐中和三年（883），道昌来到云居山，全力帮助其师道膺振兴云居禅院。道膺圆寂后，他辅佐师兄道简，分管禅堂事务，细密开导，率众参禅修持，并应对接待四方来众。

唐天祐年间（904），道昌接替道简，出任云居山龙昌禅院住持。他辛勤经营，以身作则，寺庙常住多达千人以上。道昌思想敏锐，语言辩捷，上堂开示时常机锋相对，以问代答，借以启发学子的思路。他有几句禅诗很经典，光芒闪耀，传播广泛，被后世传颂：

高高山顶立，深深海底行。

新松趁岭种，芳草绕池生。

道昌之后，由道膺禅师的另一弟子怀岳继任，约于唐哀宗（905-907）时任住持。怀岳从唐僖宗中和至昭宗天祐的二十年间，辅助其师道膺、师兄道简、道昌，兴复和发展云居山。他为人勤谨，律己很严，一丝不苟地奉行一父二兄所制定的规章，领导合寺僧众弘法传教，依戒修行。

有人问怀岳禅师："我要怎样做，才能让自己解脱？"

禅师反问："谁束缚你啦？"

那人又说："那我为什么解脱不出来呢？"

禅师说："这是谁的错？"

怀岳禅师的曹洞宗思想，由住缘（又名德缘）、住满（又名怀满）两位禅师继承。两人在五代初，先后任龙昌禅院住持。其后，住满的弟子智深接任。

这一支曹洞宗僧众活跃于云居山，从道膺开始直到智深，数十年如一日，身体力行，带领徒众继往开来，修复禅院。全寺上下法事庄严，香火旺盛，寺众一直保持在数百人以上，不失盛大丛林风范。

第四节　道齐死后何处见

清锡是福建泉州人，五代后期法眼宗大师。少年时于泉州寺庙里出家学佛，跟随法眼宗开创者法眼文益，学习理论，激发禅悟，进步迅速。在南唐保大后期（953-957）入主云居龙昌禅院。清锡晚年退位回归故里，主持泉州西明院，弘扬佛法，启迪后学，受到僧俗各界敬重。

此前，云居山龙昌禅院历代住持都是曹洞宗的高僧。清锡接任以后，把法眼宗重视理论、因材施教的方法与曹洞宗强调直观、缜密周到的禅风糅合起来，教导僧众努力修行，使禅法得到进一步发展。在他任职期间，龙昌禅院佛法兴隆，香火鼎盛，寺中聚众达千人。从此，云居山真如禅寺这座曹洞宗祖庭，也成为禅宗其他流派的重要道场。并且将各家的悟禅说法取长补短，使云居山的禅学更加丰富多彩。

法眼宗清锡禅师之后，融禅师担任云居山龙昌禅院的方丈。

融禅师是五代末云门宗禅师，也是云门文偃的法嗣。据记载，云居山上有个“龙昌坞”，就在真如禅寺外西偏南约五里处。这个地点是融禅师早年结茅修行的所在，因而得名。融禅师之后，由道齐住持云居山。

道齐（929-997），是五代末北宋初法眼宗禅师。俗姓金，南昌人。少年时，剃度出家于本邑双林寺，有志于学，刻苦钻研，严谨修持，广泛涉猎。二十一岁接受了具足戒。拜在当时的禅门大师泰钦门下学法。泰钦住持洪州上蓝院时，道齐在寺内主管藏经楼及库房事务，得到了泰钦的赏识器重、教诲传法，成为泰钦的第一高徒，每天不离左右。其后，道齐就任了洪州东禅寺、双林寺的住持，前后达十余年，名望远播。

宋太宗太平兴国（976-983）年间，道齐受邀来到云居山，成为真如禅寺的第十三位方丈，任龙昌禅院住持近二十年。他继承法眼家风，循循善诱，灵活施教，门下弟子多受其启迪教益。他把龙昌禅院办成了江南的重大道场，集众超过千人。在这里，他融贯今古，独立发挥，创作了理论著作《语要搜玄》《拈古代别》等佛家典籍，一度盛行于丛林。

道齐圆寂的故事非常特别。在至道三年（997）丁酉九月，他感到身体不行了。为了最后的传法，他令寺僧击鼓敲钟，把僧众集中到了大殿。他倚靠着座位，笑叙自己的出家修行和在三处寺庙住持三十多年的经过。然后，他用诗歌的语言，肯定大家的支持与和合，大声高诵：

十方兄弟，相聚话道。
主事头首，动心赞助。

紧接着，他向各位弟子们提出了一个哲学命题：诸人向甚么处见？

在留给大家思考后，道齐禅师对所有的僧众一一谆谆嘱咐、亲切叮咛。大家无不动容。最后，他安排弟子契环继任住持职位，便涅槃了。

第五节　真宗赐名真如寺

宋朝时期由于政治宽松与经济富足，特别是名流志士与高僧的力推，禅宗文化达到了一个高峰。建昌县僧寺一直盛行“十方禅林制”，所以唐朝以后，云居山上有曹洞、法眼、云门、临济、沩仰宗传承流布。道齐之后，又由法眼宗的代表人物契环住持。

契环也叫契瑰，是法眼宗的巨擘，受到僧俗的敬仰，名气很大。他最擅长机锋辩答，口才惊人。起初他协助道齐管理寺务，成为道齐最得力的助手。继任住持数十年中，他严谨奉行本寺规章，弘法传灯，禅风兴盛。大中祥符元年（1008），在契环禅师的奏请下，宋真宗赵恒亲书“真如禅院”的寺额，诏赐云居，沿用至今。

历来对“什么是佛？”回答不一。

有学僧问契环禅师：“如何是佛？”

禅师答道：“赞叹不及。”

学僧道：“莫非这个便是么？”

禅师道：“不令人赞叹。”

契环继往开来，广结善缘，对真如禅院做了全面重建，除旧布新，规模宏远，构建房屋多达五百余间。又花费大量黄金及数万两白银，给佛像、殿宇装金，远远地都能看见大庙上下金碧辉煌，光彩夺目。

北宋庆历朝宰相、著名诗人晏殊（991-1055）为重建而欢呼，精心创作了一篇《云居山重修真如禅院碑记》。文章洋洋二千余言，绘景抒情，用绮丽的骈文，歌颂真如禅院盛迹及契环功绩，详细记述此次

修葺之盛况，通篇赞语，文彩飘逸，辞藻富丽。文中云："一灯是续，十代于兹""丹梁画拱……缥瓦朱檐""琳碧青荧，广厦重深。"

据雍正《江西通志》记载，当时洪州南昌诗人、庆历六年进士、殿中丞袁陟也撰写了长诗《再游云居》，其中写道：

风吹岭头树，似欲招行客。

缘云过绝顶，复见紫霄宅。

在契环重兴云居之后，真如禅院僧众继往开来，传灯讲经，兴旺了很久。之后，契环师弟慧震（约 1014-1017）继任住持。任内道场兴旺，名声远播。

其后，沩仰宗的义能禅师接任，在宋天禧（1017-1021）年间担任住持。普济在他所著的《五灯会元》中，记载了义能的部分语录。

有学僧问“如何是佛？”

禅师答：“即心即佛。”

学僧说：“学人不会，乞师方便。”

禅师说“方便呼为佛！回光返照看，身心是何物？”

此后，曹洞宗五祖戒禅师的三位弟子，包括庆禅师、自宝、心空分别继任了三年、两年、三年。其后，晓舜、修己、志禅等禅师又住持了二十年左右。这几位禅师也都是高僧，《五灯会元》等书中记录了他们的言行。

自宝（978-1054），是曹洞宗五祖戒禅师法嗣，俗姓吴，安徽庐州合肥人。幼年出家，虔心向佛，持戒严谨。

一日，自宝禅师在行脚的时候，被旅店的游娼所纠缠，他正襟危坐，通宵达旦。直等到早上，游娼强行收费，禅师给了她钱，然后焚毁被褥离去。

宋宝元(1038-1039)年间，自宝担任了真如禅院的住持。其后，又在洞山讲法，四方闻风而来听讲，盛名传遍各处。他去世后，就在洞山建塔安葬，人称他为洞山自宝。

心空（约985-1044），北宋曹洞宗禅师，也是五祖戒禅师的法嗣。宋仁宗赵祯赐号惠照。他于1041-1044年担任真如禅院住持。他道行高卓，名盛于时。任内，以弘法传教为己任，真如禅院得到中兴。心空圆寂之后，就塔葬在云居山，今存。位置在云居山赵州关三百来米的明月湖右侧山坳中，塔座北朝南，系花岗石结构，有亭翼护。

其后，还有一位云门宗高僧晓舜（约1005-1065），前来住持，人称舜老夫，字宝觉。他是瑞州（今高安）人，系洞山晓聪的法嗣。

晓舜小时候秉赋聪颖，但性格粗蛮，不务正业。有一天幡然醒悟，舍俗出家，在本县小寺院落发做沙弥，修养性情。参拜晓聪禅师，亲近左右。师父晓聪见其年轻气盛，根底浅薄，让他游方求学。不久，晓舜云游到武昌，在居士刘公家化缘。刘公道行高卓，修养极深。晓舜与刘居士辩论佛学奥义，自然辩不过刘居士。刘居士接连发问，请他参悟：

“古镜未磨”时如何？

“古镜磨光”又怎样？

晓舜苦思未得，只得回去告知晓聪。终于得到了晓聪的指点。这件事成为他人生思想的重要转折点，忽然让晓舜开悟了。从此，他一改往日粗疏浮躁习气，说话做事都深思熟虑，探究洞察因果，逐渐得到盛名，受各界的敬重爱戴。

在宋嘉祐年间（1056-1063），晓舜被推举为真如禅院住持。他大力弘扬教义，启迪后学。他的讲法极其精彩，四方闻名，求道者纷至沓来。真如禅院聚众时达千人，呈现出一派旺盛发达的景象。1065 年，晓舜圆寂于真如禅院，并在云居山上建塔安葬。他有一首上堂开示的禅诗：

云居不会禅，洗脚上床眠。

冬瓜直笼统，瓠子曲弯弯。

修已，北宋临济宗禅师，号仗锡。曾遍游名山大寺，拜会天下高僧。宋治平年间（1064-1067），他受邀担任云居山真如禅院住持。他离开真如禅院以后，去了仗锡山，在那里继续修行，教化山民。传说，他为解除山民的虎患，把山中恶虎养起来。最后，他竟然舍身喂虎。修已之后，其徒弟志禅禅师接任住持真如禅院。

云居山真如禅寺在这些高僧大德的主持下，兴旺发达起来，整体建筑的规模宏大，气象庄严，合寺居僧达数百人，天下的衲子都尊崇他们的道行与道法。

第三章　欲与白云论心事

佛印禅师居住云居山长达四十年，四次担任过真如禅寺住持。他道行高超，与苏东坡、黄庭坚、周敦颐、彭汝砺、郭祥正等名流交往，黄庭坚的外甥们也因此与真如禅寺结下不解之缘。其中佛印与东坡的故事，是云居山不尽的财富。他们在云居山上留下了许多佳话，并留存不少遗迹。

第一节　方丈是佛印

佛印（1032-1098），名了元，字宝觉，神宗皇帝赐号佛印，北宋云门宗高僧。俗姓林，饶州浮梁（今景德镇）人。他的外貌形象很特殊。据他的好友陈舜俞记录：佛印“岩顶而电目，海口而潮音者，云居师也”。彭汝砺也形容他：“貌古瘦瘁如孤松”。另一位高僧惠洪，在《禅林僧宝传》中描述他：“骨面而秀清，临事无凝滞。过眼水流云散，其为人服义疾恶”。

据此看来，佛印容颜清癯见骨，顶宽平有如岩石顶，面貌古老，眼睛炯炯有神，嘴唇宽阔，声音如大海潮声，宽厚庄严而公平仗义。所以，现在流传的佛印圆胖的形象，并不真实。

佛印少年出家为僧，有神童的美名，才思敏捷，下笔如有神助。他穷搜苦学《法华经》等著作，精益求精，学问进展迅速。其后，他遍游名山大川，广参知识大德，精研内外经典，道行与日俱进。1051 年，这是他人生的转折点，他云游到了庐山，受到当时开先寺、圆通寺接纳。两寺的方丈善暹、居讷都是名满天下的大德。交谈之下，他们感到这位后生学贯古今，有前辈雪窦重显大师的风骨，将来定成高僧。善暹把佛印收为法嗣，留他在圆通寺，担任“掌书记”的职务。

次年，也就是皇祐四年（1052），刚满二十岁的佛印，即被推荐为江州承天寺住持。州郡官员见他如此年轻，不肯批准。居讷长老负责任地说：了元年纪虽轻，学问超过老僧！于是，佛印得以授任名寺承天寺的住持，其名声在圈内传开了，其思想、讲法，也被越来越多的僧俗所敬重。他开悟早，道行高，思想透脱。曾写过《大德顿悟诗》三首禅诗，其中一首写道：

一树春风有两般，南枝向暖北枝寒。

现前一段西来意，一片西飞一片东。

诗句通过暖寒、东西等方面的对比，领会到佛法迥然不同的境界，再可以推广到理解万事万物，冷眼浮华，悲喜寒暖。试着一分为二地去看待，对于所有因缘福祸和境遇，一并接受、理解、放下。

佛印另一段有名的领悟偈，也很通透灵动。诗云：万般草木根苗异，一得春风便放花。

此后，佛印经历了九座道场，都担任住持。除了九江的承天寺外，还有淮郡的斗方寺，庐山开先寺、归宗寺，润州的金山寺、焦山寺，袁州仰山寺、云居真如禅寺等著名丛林。四十余年里，佛印在这些名山大刹中弘法传教，德化缁素，门人弟子遍满天下。

佛印曾游历于开封汴梁，拜见皇子曹王，受到曹王礼遇。经曹王推荐，神宗召见他，赐法号佛印，并赏高丽进贡的宝物磨衲袈裟。苏轼为此撰写了《磨衲赞并序》，云：“匣而藏之，见衲不见师；衣而不匣，见师不见衲”，盛赞佛印与磨衲袈裟都是天下之宝。

据记载，佛印曾“住云居四十载”，先后主持真如禅院四次，与备受黄庭坚推崇的元佑禅师交替着主持这个道场。神宗元丰年间，他们大行禅法，衲子风拥云集，罗拜门墙之下。真如禅寺重新达到一千余人，成为名闻遐迩、众望所归的盛大道场。

佛印在云居山上点拨了很多优秀僧才。当时，有一位灵源惟清（约 1057-1117），是真净克文的弟子，始终低调沉稳，虽道行高妙，但是没有被人发现。佛印察觉到他的智慧，直接选拔他为首座！不仅眼光独到，而且果断公平。后来灵源惟清成长为黄龙派的宗师，曾住持过修水的黄龙寺。

佛印是一位了悟生死的高僧，在自己将要涅槃的那个冬天，邀请画家李公麟（1049-1106）为自己绘像。李公麟，字伯时，晚号龙眠居士。他曾为皇帝作画像。佛印对画家说，你可要画我微笑的样子哦。

佛印对画像很满意，题诗写道：

李公天上石麒麟，传得云居道者真。
不为拈花明大事，等闲开口笑何人？
泥牛漫向风前嗅，枯木无端雪里春。
对现堂前俱不识，太平时代自由身。

次年（1098）正月初四日，佛印禅师在寺中听到客堂里有人谈话，其内容正好符合自己的心境，不由开心地跟着大笑起来，在笑声中安然圆寂。

法雨來青嶽

佛印在真如禅寺留有“洪觉道场”“阿弥陀佛”两处书法遗迹。前者为人们所熟知。后者“阿弥陀佛”四字为楷体，刻在被称为石鼓的摩崖上。石鼓位于云居山半山，从北面山脚下由张公渡进山五里路左，登山大道关房旧址侧，即那块横架在山岩中的天然花岗岩巨石，靠路的一面，像削圆了的满月，形同大鼓，浑圆平正。

宋代云居山禅宗文化，以佛印时代为代表，前后辉煌了两百多年。

第二节　朋友叫苏轼

佛印与苏东坡的交情渊源久远。在佛印担任真如禅院住持期间，“一生好入名山游”的东坡居士，数次畅游云居，留下许多佳话。

苏东坡在建昌县境内留下了三宝：诗文、古迹、稻草捆扎的东坡肉，其中前两样跟云居山有着密切关系。

先说说苏东坡留下的诗文。苏东坡在云居山写了不少诗词。下山后，他多次致信佛印，回味两人对坐溪水旁谈禅论道，盛赞佛印的高行，赞美云居山真如禅寺为：“天上云居”“冠世绝境，大士所庐”。

苏东坡与佛印之间书信往来，多为心灵交契之作。在清康熙《云居山志》中，记录了两篇纪念短文，分别是北宋惠洪和明末袾宏莲池大师所撰写，他们见到了苏东坡与佛印的书信，感受到他们浓厚的情谊。惠洪感慨道：“东坡骑鲸上天去。”

苏东坡和黄庭坚都是禅慧高深的大居士，与佛印为至交好友。

三个人在云居山上留下许多佳话与诗文。比如，黄庭坚在诗中，写出了他开悟禅法、了悟人生的思想。诗云：

海风吹落楞伽山，四海禅徒着眼看。
一把柳丝收不得，和烟搭在玉阑干。

黄庭坚曾写过七律《登云居作》：

瘦筇扶我上棱层，眼力穷时脚力疼。
天上楼台山上寺，云边钟鼓月边僧。
四时美景观难尽，半点红尘到不能。
白发庞眉老尊宿，祖堂秋鉴耀真灯。

为此，苏东坡和了一首诗《和黄山谷游云居作》：

一行行到赵州关，怪底山头更有山。
一片楼台耸天上，数声钟鼓落人间。
瀑花飞雪侵僧眼，岩穴流光映佛颜。
欲与白云论心事，碧溪桥下水潺潺。

在《东坡禅喜集》一书中，还记录了苏东坡与禅宗有关的诗词、文章数百篇，其中一篇有跳脱滑稽却禅喜意境的绝句，给人以面目一新的感觉。该诗是对唐朝僧人皎然的应和诗。皎然的原诗：

世人不知心是道，只言道在他方妙。

还如瞽者望长安，长安在东往西笑。

针对这首诗，东坡和了一首《和皎然偈》：

寒时便惧热时风，饥汉那知食药功。

莫怪禅师向西笑，缘师身在长安东。

佛印桥（碧溪桥）和谈心石，是苏东坡与佛印留下的古迹，如今成为云居山一处胜景。佛印桥正对真如禅寺山门前方，横跨在碧溪上。1956 年，近代禅宗泰斗虚云老和尚主持疏浚明月湖与碧溪时，再次对佛印桥进行了修复加固。现在的佛印桥为单柱花岗石结构桥，桥面平坦，长五米、宽六米，可通行汽车。对于这座桥，古人多有吟咏。其中，清初燕雷元鹏题诗云：

觉老当年倚杖藜，石梁千古令名题。
风姿盖代山留骨，砥柱狂澜竹过溪。
水落碧湾声断续，烟横略约岸东西。
寒崖不尽沧浪韵，骚雅长虹锁筑堤。

在离桥不远处碧溪旁，有一天然大石块。东坡每次来山造访，与佛印无拘无束，盘腿石上，对坐长谈。东坡曾写信感悟那些畅谈：

溪声尽是广长舌，山色无非清净身。
夜来八万四千偈，他日如何举似人？

人们给这块石头取名为“谈心石”。岩石上有“石床”二字，为苏东坡所写，由佛印请匠人镌刻而成的。

此外，苏轼弟子秦观（1049-1100）在建昌也留有禅诗。秦观，字少游、太虚，号淮海居士，江苏高邮人，被尊为婉约派一代词宗，也是李常、黄庭坚、佛印的好友。他作有《送云居佛印禅师》等诗，其中：

真珠撤帐开新座，飞鸟衔花绕旧庵。
云散虎溪莲社友，独依香火思何堪。

有一日，苏轼与秦少游看见一个人身上爬满虱子。苏轼便说：“真是脏啊，身上长出了虱子。”

秦少游反驳道：“不对，虱子是从衣服里长出的。”

两人争执不下，便请佛印来评判。三人都是至交，佛印谁也不想得罪。

于是，佛印禅师笑了笑说：“虱子的头部是人身体里生出来的，而脚部是衣服里长出来的。”

说完，三个人都哈哈大笑起来。

苏东坡频繁出入建昌县还有一个原因，就是他的好友李常是建昌人。李常曾任户部尚书、陇西郡侯。他是黄庭坚的亲舅舅，曾将外甥黄庭坚推荐给苏东坡，从此黄庭坚与东坡亦师亦友。李常创建了中国有记录的第一家私人图书馆——李氏山房，主编过具有重要意义的财政学专著《元祐会计录》，奏请设立了海上丝绸之路起点泉州的海关管理机构——泉州市舶司等。李常对苏东坡的影响很大，两人友谊深厚，酬赠诗文很多。苏东坡赠李常诗歌："宜我与夫子，相好手足侔"，还为李常的图书馆撰写了《李氏山房藏书记》。

第三节　行观坐看了无碍

佛印禅师一贯坚持众生平等。他说：众姓出家，同名释子，不以贵贱论高下。他继承发展了慧远的"沙门不敬王者"的思想，积极救治时弊。

当时，高丽王子放弃王位出家，取僧名为义天。他渡过大海来到了明州，给宋朝皇帝上奏疏，要求"走遍中国丛林，问遍佛法高道"。朝廷下诏，让朝奉郎杨次公陪伴他，走遍中土的十方诸刹。僧人义天走到哪，都受到尊贵的礼遇，僧俗们都用对待王公的礼仪来迎接。这一天，他们一行来到了润州金山寺。住持佛印坦然接受了义天的朝拜。杨次公大为惊讶地说："大师啊，请四处咨询一下。要按照朝廷要求和时宜来对待他……。"。

佛印说："义天师父也是佛子，只不过是外国僧人罢了。僧人到了丛林，必须恪遵丛林仪轨，没有王子平民、家族门阀、高低贵贱之分。如果不尊重丛林之道法，随顺俗礼，诸方大德这样做，已经先自丢掉了丛林法度，失去了出家人的本分。那还怎么让义天师父向华夏学习师法制度呢？"

后来，朝廷知晓了这件事，认为佛印做得对，顾大局、知大体、维护了尊严。其实，佛印才智出众，所遵循的仅仅只是佛祖所指示的众生平等，并无很深的新意，只是把那种奴气、软弱和卑贱给完全比下去了。

当时，有一位大军事家、枢密副使、观文殿学士，还兼任洪州刺史，名叫王韶。数十年来，他一直在西北边塞抗击西夏大军，并收复河州、湟州，拓地两千多里，杀敌无数。在南昌，他用军事手段管理民众，但是他对于佛教的禅宗很感兴趣。

佛印刚好受邀在南昌上蓝寺，为大众主持说法，王韶前来听法。他来到王韶的面前，点燃了一炷香，断然地大喝道：此香为杀人不眨眼上将军，也是立地成佛大居士所上。

殿内侍立的人群都齐声赞颂“好”，声音震天动地。王韶内心立刻受到了触动，他的杀心从此变得平淡悠然了。

王韶是德安人，他和他儿子去世后葬在建昌县燕坊，后人遍

及周边县市。如今永修王氏也多奉他为先祖。

在与理学鼻祖周敦颐交往中，佛印也多有启发和帮助，对周敦颐太极思想诞生起到了积极作用。

周敦颐(1017-1073)，字茂叔，号濂溪。在他生命的最后两年，于庐山莲花峰下的濂溪安家，担任知南康军（今星子），既任职又养病。作为理学的创始人，他无疑是博学而伟大的。他所著的《爱莲说》至今为人称颂。

周敦颐与佛印相聚，互相切磋探讨儒学佛教与人生至理。他曾总结自己的太极图说理论的形成，缘于佛印的指导，是从佛印思想中悟出理学的哲理：吾此妙心，实启迪于黄龙，发明于佛印。

周敦颐创作了《呈云居佛印禅师偈》：

昔本不迷今不悟，心融境会豁幽潜。

草深窗外松当道，尽日令人看不厌。

此时，四十岁出头的佛印更加超脱，对于周敦颐这么一位领导，佛印依然不卑不亢，只以师友身份交流，愉快地启发他，回应得体，和了一首《和周茂叔绝句》：

大道体宽无不在，何拘动植与飞潜。

行观坐看了无碍，色见声求心自厌。

就两首诗歌来比较的话，看得出两者的异曲同工之妙。周太守提出的是“心融境会”“草深窗外松当道”，这是一种高妙脱俗的境界，禅味较深。而佛印的诗中，比原诗更进一步，意境更高，认为“大道体宽无不在”“行观坐看了无碍”，提升了禅诗的层次。

当时，丛林中对佛印与周敦颐这两首唱和诗评价很高，认为他们对青松的理解超凡脱尘，与慧远禅师的白莲意境不相上下。于是，佛印禅师牵头在云居山上成立了一个“青松社”，对东晋慧远禅师“白莲社”进行追述与缅怀。

第四节　若逢天旱便为霖

在云居山上，佛印还与彭汝砺、郭祥正等名士交往频繁。

彭汝砺（1041-1095），字器资，是饶州鄱阳（今鄱阳县滨田村）人，英宗治平二年（1065）乙巳科状元。他读书为文，非常宽厚宏大，讲究大义。与人交往显得温文虔敬，更为可敬的是，其著作丰富，所作诗词被誉为古雅的典范。只是在那个辉煌的时代里，诗名不幸被湮没。

翻开他所著的诗文集《鄱阳集》，至少可以找到33篇诗歌，与佛印及云居真如禅寺有关。包括《送云居佛印禅师诗五首并偈》《答云居佛印二首》《与佛印夜坐》《和佛印三篇》等。品读其诗，到处都是禅机和哲理，文浅义深，有如无尽的宝藏。在《答佛印语》之中，彭汝砺含蓄地写道：

旧日事来长是笑，而今和笑没工夫。

1077年，彭汝砺登上云居山，这一年，他刚刚三十七岁，担任监察御史官职，以敢于抗言直谏出名，志得意满。此时的佛印接替志禅禅师，主持真如禅寺的事务。彭汝砺上了云居山，一口气就为老朋友佛印写了五首诗，诗题为《送云居佛印禅师诗五首并偈》，接着他又写了送云居佛印禅师的第六首诗。这些诗歌一气呵成，用典用词老辣，诗句深得杜甫的沉郁、白居易的平顺。其中两首写道：

翠藤老木抱千山，行色归心各等闲。
恰似白云多自在，不同飞鸟倦知还。

百花众宝细庄严，不是青州旧布衫。
满载天香浮远水，遥分春色下层岩。

在其后的近二十年里面，两人友谊不断深化，唱和往来不断。在彭状元的云居诗作中，美妙句子有如珠玉，俯拾皆是：

丈室灯寒夜未眠，竹间流水听涓涓。

试看石耳峰头月，何似云居天上圆。

——宿圆通寄佛印

信笔更题诗满叶，总随流水出云中。

——和粹老云居之句四首

掣电一机吾会得，天边月在水中流。

——次云居老诗韵三首

还有一位与佛印交往比较深的名士叫郭祥正（1035-1113），字功甫，是安徽当涂人。安徽当涂是诗仙李白去世的地方。据传郭祥正出生时，他母亲夜梦李白入怀。他从小诗歌名声就远播。当时，梅尧臣主盟诗坛，见到了郭祥正的诗文大喜，大声赞叹道："天才天才，确实是李太白重生。"于是他的名声更响亮了。

后来，郭祥正在安徽、福建、江西等地为官，又调任瑞州知州。他为官不善钻营，所到之处有政声，著有《青山集》若干卷。他与彭汝砺是同一科的进士，两人又与云居山上的佛印交往很深。

郭祥正参禅入味，造诣很深，在元祐后期（1090-1093），再次来到云居山。恰好真如禅寺的住持元佑禅师离山。郭祥正邀请佛印再次担任住持，升座开法。当时，郭祥正在佛座下面，拈香作颂说：

觉地相逢一何早？鹘臭布衫今脱了。

要识云居一句玄，珍重后园驴吃草。

佛印马上就用偈句回答：

谢公千里来相访，共话东山竹径深。

借与一龙骑出洞，若逢天旱便为霖。

慈航普度

两人对视而笑，彼此机语相对，心灵契合投缘，令僧俗极为叹服。

郭祥正还有两篇长诗《云居行》是寄给佛印的。其诗歌瑰丽奇绝，意境高旷，有李白梦游天姥诗的大气，极力歌颂云居，是不可多得的佳作。特别是其中“石门屹立磴道绝，飞瀑万丈淙冰壶”“如今正似武陵客，放舟已远嗟迷途”等句子，禅味之深透，让人沉醉。

第五节　李彭四洪题禅诗

李彭（1079-1139），北宋末、南宋初名诗人，字商老，号日涉居士，南康建昌县人。是当时朝廷尚书李常的侄孙，与苏轼、黄庭坚家族、秦观家族、洪炎家族、徐俯家族以及江西诗派诗人唱和往来较多，与当时名僧也不断交往，他有七百多篇诗汇编为《日涉园集》，被《永乐大典》《四库全书》所收录。

李彭以云居山真如禅寺、同安禅院、云门寺为支点，遍识当时禅门泰斗，交情深厚，禅宗思想契合，理解殊深。他虽然是居士，但是确实是那个时代禅宗发展的一位见证者和记录者，他以翔实的诗歌记录了那个时代禅宗大兴旺、大发展的历程。

李彭有“佛门诗史”之誉。终生未仕，隐居建昌云居、云门、同安及靖安、修水兜率寺及庐山各地，与同代高僧克勤、善悟、宗杲交厚。创作了云居山、同安院及禅悟诗数百首。最有意境的，则是他的《宿同安用旧韵呈云叟》：

蒲柳望秋今复衰，遥岑雨罢抹修眉。
寒林要使入方尺，妙笔悬知愧画师。

不见扬雄草玄手，细看束皙补亡诗。

何时共饮建业水，更把北山烟雨犁。

李彭与宗杲是莫逆之交，宗杲在云居山住了六年，期间两人来往频繁。早年因为宗杲性格急躁，李彭曾作《佩韦赋》对他进行勉励和劝诫，文中连续列举六个反面事例：邾庄公因为太急躁而掉入火中去世；魏武帝曹操的歌女有才却高傲而被杀；袁彦道与大将军桓温赌博不合心意就摔烂“五木”；蓝田侯王述吃鸡蛋筷子夹不了以至于将蛋踩扁等。李彭说，有的人“或逐绳而拔剑，或捣蜂而聚液，是皆丧天真于俄顷，蹈祸机于飘忽”，所以请宗杲引以为戒，提升境界。读完李彭的妙文之后，宗杲禅师开怀大笑，从此性格也变得平和多了。另外，李彭还作《渔歌子》十篇呈给宗杲。

李彭一生奔波于佛门，著作丰厚，但是生活却潦潦倒倒。所以，他的诗酒老友谢薖为之叹惋，撰写诗歌相送。其中一首悲戚地说：欲评此意君何在，长是苍茫立晚风。

黄庭坚的外甥洪朋、洪刍、洪炎、洪羽都有才名。幼年时，由祖母文成君李氏（李常姐姐）抚养，又向舅舅黄庭坚学习诗法，后来都成了名家。黄庭坚曾说：“洪氏四甥才气不同，要之皆能独秀于林者也”。被人称之为建昌“四英”“四洪”。吕本中作《江西诗社宗派图》列入了四兄弟中三人。受黄庭坚熏陶和家庭影响，洪朋、洪刍、洪炎等人在建昌留下了不少禅诗。

洪朋，字龟父，号清非居士。从小好学不倦，擅长诗赋，死时年仅三十六岁。黄庭坚赞誉他“笔力扛鼎”。《永乐大典》辑录了他一百七十八首诗歌，编为《洪龟父集》（也叫《清非集》）。他有一首长篇禅诗《晚登大梵院小阁》，其中写道：

倚空栏楯一禅关，衲子幽人得往还。

樵径盘纡秋草里，僧堂结构野云间。

洪刍，字驹父，性格豪爽，放荡江湖，他的佛教诗歌最为丰富。绍圣元年（1094）考上进士。在靖康年间，担任过谏议大夫。在建炎二年（1128），流放沙门岛，客死岛上。

洪刍著有《香谱》，为今存北宋最早、也是保存比较完整的香药谱录类著作，在这一领域里面，具有划时代的意义。他的诗名很高，《永乐大典》汇编了他的诗歌一百七十首，辑为《老圃集》。其中有诗云：

> 孤峰顶上却归去，回首冥冥云雾遮。
>
> ——题云居寺诗
>
> 望断西山山尽处，云居何处只空愁。
>
> ——次韵李商老见怀之什
>
> 要须青山顶上行，去伴白云檐下宿。
>
> ——再次洪上人云巢韵

洪炎，字玉父，元祐六年（1091）举进士。曾任谯县县令，因其兄洪刍被列入元祐党籍而遭到牵连贬官。调任著作郎、秘书少监、中书舍人等。所作诗词，文风酷似黄山谷，著有《西渡集》《尘外记》等。他的相关禅诗有《次韵即事二首》等，诗歌中说：

端居入夏愁更新，不数多愁过一春。

有意思的是，洪炎给建昌县坂上袁家的石符古村题写了诗歌。石符村原是道教祖地，当时重建为佛寺“石湖院”。他以《石湖院》为题，诗云：

古木参天水一沟，潮来曲折可藏舟。
招提密映晴岚起，沧海潜通夜气浮。
丹荔荐盘惊北客，赤蟳供馔识炎洲。
却疑江左知名士，不作乘桴浩荡游。

洪羽，字鸿父，是“四洪”中最小的一位。从一些名人的唱和诗中看出，洪羽也写过有禅意的唱和诗，可惜其诗文集已散佚无存。

第四章　众星拱月耀祖庭

佛印禅师之后，有元佑、善悟、克勤、宗杲等禅师住持真如禅寺。元佑禅师创造了“三方诸塔”。善悟禅师承先启后。克勤禅师创作了被誉为“宗门第一书”的《碧岩录》，培养了大量的嗣法弟子。宗杲禅师创立了“看话禅”，撰写《禅林宝训》。他们同时代的惠洪禅师长期居住云居山，留下了大量的著作，多成为佛门经典。

第一节　元佑归葬云居峰

元佑（1030-1095），是信州上饶王氏子。早在十三岁的时候，就出家了。因为善于说法，受到黄龙开派宗师慧南的喜爱，纳为法嗣。他苦心苦志追求，又行脚天下名山，参拜名师，终于大彻大悟。

元佑禅师花了六年时间，把湖南衡山的马祖故居建造成辉煌的殿阁，交付给他人住持；又在道林禅师弘法的湘西律居寺，坚持论道，受到诸方衲子追随，在南方一带声望很高。晚年，他游方到了庐山。当时南康太守陆公畤，郑重地邀请他住持庐山玉涧寺，没有答应。王安石的弟弟王安上长住云居山，邀请大师前来问法参禅，并住持云居山真如禅院，让佛印禅师与之交替住持。

这次元佑禅师没有推辞。他说：“我要带着这把老骨头，归葬到云居峰顶”。他坐上王大人所备好的舆轿，登上莲花城，在这里安居，全力弘教。

《禅林僧宝传》作者惠洪是元佑禅师的师侄。据作者亲见亲闻：晚年的元佑，就跟图画里的须菩提长相类似：外形清癯，就像大病初愈，瘦骨尽露，然而神观超诣，须发飘然，不加修剪，却洁白似雪，风度英伟。元佑禅师的说法精炼生动，他的语录为人们传诵，他的修为被引为典范。

黄庭坚曾为元佑禅师撰写了《云居佑禅师烧香颂》，评价元佑禅师的神采：一身入定千身出，云居不打这鼓笛。又在《〈云居佑禅师语录〉序》中，黄庭坚高度赞誉元佑禅师：法音如雷如霆，慧辩如云如雨。

皇子徐王很尊崇他，向哲宗皇上奏请。皇帝赐给元佑紫方袍。由礼部按照程序，下发牒子，派人到南康军建昌县的云居山送达紫袍。元佑没有接受，坚定地推辞了。他让礼部官员带着自己回复的偈子回京复命。偈子写道：

为僧六十鬓先华，无补空门愧出家。

愿乞封回礼部牒，免辜卢老衲袈裟。

有人问元佑禅师为什么要拒绝皇帝给的荣誉。元佑回答："人主之恩，是王者的布施。我不是推辞它以邀取浮名，只是觉得自己的道行还不能够匹配，不要辜负了卢老（即六祖慧能）传下来的袈裟。你看僧人惠满不接受别人的住宿，也说'天下无僧，才会接受您的供养'，这是怎样的一种境界呢？"

1095年七月初七，元佑禅师在大殿聚众讲法，忽然圆寂。涅槃后，酷暑无侵、颜面如生。荼毘后得到五色舍利，光耀夺目，映照山林。

流传后世的"诸方三塔"的安葬模式，是元佑禅师所创造的，几百年来被禅林认可和继承。典籍记载："今诸方三塔，师始创也"。在云居山上，元佑以弘觉大师道膺的祖塔为主塔，东西两边为"卵塔"（普同塔），三塔相连。东塔掩埋历代住持们的火浴雨舍利（高僧普同塔），西塔安放其他僧人的舍利（众僧普同塔）。这种方式被人称为"诸方三塔"。现在云居山上部分碑塔也是这样三塔并立。放眼向各地的古刹看，三方诸塔也不鲜见。比如，在福建灵石就有一些这样的三塔墓，是模仿云居山的三塔模式安葬的。

元佑禅师之后，约于宋崇宁年间（1102-1106），由云门宗的海印（1032-1115）继续住持。海印禅师圆寂后，宋徽宗赐号"文庆"，苏轼的儿子苏过为他撰写了塔铭。在《五灯会元》中保留了他的名句：

道本无为，法非延促。
一念万年，千古在目。
月白风恬，山青水绿。
法法现前，头头具足。
祖意教意，非直非曲。

约在宋大观末年（1110）左右，心印禅师住持云居山真如禅院。心印禅师并非等闲之人，其盛名与当时的大宗师们并驾齐驱。后来的高僧宗杲曾投其门下，求学曹洞宗的宗旨。

宋政和二年（1112），心印禅师示寂，葬云居山。弟子为他建六角形的花岗石塔。有亭阁保护，在云居山真如禅寺赵州关内明月湖左侧，约二百三十米处青龙山山坳东北侧。曾被捣毁，1986 年修葺复原。

第二节 高僧惠洪朋友圈

两宋之间的禅宗历史，惠洪禅师是一个影响深远的禅宗人物，他的智识高妙，流传下来的作品丰富，与同时代的大禅师几乎都有交集，他虽然没有住持过真如禅寺，但在云居山、同安禅院长期居住，颇有影响力。

惠洪（1071-1128），又称德洪、慧洪、洪觉范，北宋末年临济宗高僧。俗姓彭，瑞州新昌（今宜丰县桥西乡潜头竹山里）人。幼年父母去世，入山为僧。往庐山归宗寺礼谒真净克文，绍圣三年（1096），真净克文禅师携他迁入建昌石门泐潭（今靖安宝峰）寺，后往各大名山拜谒名僧，皆蒙赏识，名震丛林。

关于惠洪的诗名，还有个故事。他曾经在分宁县云岩寺居住，寺内三百名僧人，每个人拿着纸求诗歌，惠洪拿着笔，不停题诗。他多才多艺，善绘梅竹，扇面画生动宛然。

惠洪禅师与名臣张商英、郭天民交往很深，感情交融，彼此引为知己至交。两人向哲宗推荐惠洪，惠洪因此得到哲宗欣赏，被赐“宝觉”“圆明”称号。后来，由于张、郭两人因故获罪，惠洪受到牵累而被发配海南岛。

惠洪禅师天资英纵，妙语辩慧，先后开法于抚州北景德寺、筠州清凉寺、分宁云岩寺、建昌同安院等名刹，升堂开示，训众无数，颇得僧俗景仰钦从。

惠洪禅师与云居佛印、克勤、善悟、宗杲、李彭、洪炎兄弟等人交厚，多有诗词往来。在宋宣和末年（1125）前后，曾上云居山客居。当时真如禅寺由善悟禅师主持，香火鼎盛，道场扬名天下。惠洪常与善悟谈经论道，切磋磨砺，发挥宗教妙旨，并著诗文，吟咏云居山事迹风物。善悟禅师离山前，又请惠洪代笔撰文，敦请克勤禅师继任真如禅寺住持。

政和三年，惠洪禅师回到了建昌县。正好，克勤禅师来住持云居山，惠洪再上云居。两人在山上相处非常融洽，惠洪本想在真如禅寺终老。因为身患疾病，不适应山上的风寒，第二年他就下山，到了建昌县凤栖山同安院，一边修养一边讲法。农历五月，惠洪圆寂于同安院。

惠洪传世作品有《禅林僧宝传》《石门文字禅》《林间录》等几十种，多被收入《四库全书》。惠洪诗歌往往参透佛理，悟透悲欢，精选两首如下：

老眼搨来惊节物，闲同诸子话江乡。
试茶正要旋烘盏，煮饼且令深注汤。

忽忆海山餐荔子，更思湘水劈莲房。

夏休便可车轮去，菌蕈秋肥趁及尝。

惠洪与李彭的感情很深厚，两人共同师事真净克文（1025-1102），惠洪给李彭留有《次韵李商老匡山道中望天池》（往来柴桑间，妙语生云烟）；《至丰家市读商老诗次韵》（雪晴春巷生青草，烟湿人家营晚炊）；《谢李商老伯仲见过》（功成归修水，春风雨一犁）等诗歌。

此期间，惠洪禅师也撰写了不少与真如禅寺相关的诗词，现摘取诗句：

天上欧峰寺，人间无事僧……遥知云起处，一室掩香灯。

青锁晓开残雨上，烟鬟春解笑声中。

云居无所为，粥饭听钟鼓。

小轩容膝俯千里，磨钱作镜江山映。

在山为远志，出山为小草。

空山断往还，落花自流水。

忽忆南荒海外时，敢料北山松下见。

暮烟重山翠，微风壮松悲。

十年何足道，乐死以为期。

苏东坡、黄庭坚与惠洪均有交集，且相互赠诗。惠洪在《冷斋夜话》中，也为后人留下了苏东坡、黄庭坚等人的诗话故事。惠洪在苏轼去世后，在东坡行迹处凭吊故人，写道：

谁家杨柳欲遮门，依约东坡醉处村。

捶地不堪华屋句，仰天空记刻舟痕。

尚余千载风流在，乞与三人语笑温。

归路松风吹冻耳，共追前事吊英魂。

当时，赞扬惠洪禅师的诗文很多。黄山谷称赞惠洪禅师的诗“韶胜下减秦少游，气爽绝类徐师川”，认为他的诗词可以和秦观、徐俯两人平齐。他赞誉惠洪禅师：“月清放舟舫，万里渺云涛”“不肯低头拾卿相，又能落笔生云烟。”宋僧智遇撰写过诗文《觉范和尚塔在同安》：“栖凤岩高插杳冥，落花啼鸟谁相委。”云居山住持宗杲禅师也赠有《觉范洪禅师》：“文章未让孔丘，谈禅岂肯达摩。”

第三节　承前启后数善悟

善悟禅师是一位承前启后的住持。善悟（1074-1132），北宋末年临济宗僧，号高庵，俗姓李，今陕西洋县人。少年出家，在安徽舒州（今潜山县）龙门寺，拜佛眼禅师为师，成为佛眼的法嗣。他为人表里端劲，风格凛然，在屋子里面也绝不苟且言行。一生习惯于苦行，终身简约自奉。在佛理参学上，更是悟性高超，应对敏捷，识见不凡。

一日，有位僧人的脚被蛇咬伤了，众人都在围观。

佛眼禅师问：“既是龙门，为甚么却被蛇咬？”

善悟禅师当即回答：“果然现大人相。”

佛眼一听，非常高兴，从此更加器重他。

克勤禅师听闻此事，赞叹道：“龙门有此僧耶？东山法道未寂寥尔！”

善悟禅师非常关心他人，听说衲子生病了，就跟自己生病样，叹息不已。早晚问候，亲自煎煮食物，没有经过他尝过的草药及食物不能给病僧。天气有变化，关心禅徒们衣服寒暖。曾作

《劝安老病僧文》，安慰并善待快要圆寂的老僧。他的名言是：“我学道无过人者，但平生为事无愧于心耳。”

善悟禅师约于宋徽宗宣和年间（1123-1125）登上了云居山，接受了真如禅院住持。任职期间，他循循善诱，鼓励后进，随缘说法，度徒很多，天下缁素多向往而追随，寺中集众常达千余人。云居山再次扬名远近。

南宋建炎初年(1127)，金兵南侵，江右震动。善悟让惠洪写信，极力邀请师叔克勤过来住持真如禅寺。当时，善悟已经七十岁高龄，比师叔还年老，但是他放弃了住持位置，独自归隐浙江天台山的华顶峰国清寺，后圆寂在那里。

善悟禅师非常善于通过对比、对偶、比喻的方法来讲法开示。他曾经说：

少林面壁，怀藏东土西天。

欧阜升堂，充塞四维上下。

山巍巍而砥掌平，水昏昏而常自清。

花非艳而结空果，风不摇而片叶零。

善悟的师叔克勤、克勤弟子宗杲、宗振等人，以及善悟多位弟子及再传弟子先后担任过真如禅寺住持，几乎整个南宋时期都是他们在主持真如禅寺，使云居山成为天下僧人向往的大道场。

第四节　圆悟克勤门下旺

云门五祖法演因为三位杰出弟子而名扬禅门，他们是佛果克勤、佛鉴慧勤和佛眼清远，三人都成了佛门领袖，被誉为丛林三杰。

克勤（1063-1135），字无著，俗姓骆，四川彭州崇宁（今郫县）人，是两宋之间的禅门领袖。

政和初年，克勤禅师在荆州讲法，受到侍郎张九成（无垢居士）的朝拜，礼遇为师，相互探讨论华严宗的要旨及禅门趣事。张九成此后多次传扬克勤事迹。克勤又接受澧州刺史的邀请，住持夹山的灵泉禅院。后得到枢密使邓子常的奏请，徽宗敕赐紫袈裟，给予“佛果”的称号。政和末年，克勤奉诏移住金陵蒋山，后住在润州金山。当时的名臣张商英、郭天民奉克勤为师。南宋高宗驾幸扬州时，亲自邀请克勤入对，赐号叫“圆悟”，所以大家都称呼他为圆悟克勤。在皇帝给他的诏书中，写道：“天下丛林，由师择住。”

对于朝廷赐予的圆悟称号，他题诗婉谢：

赐得云居养病身，半千衲子倍相亲。
攀萝直上青天上，投老依栖安乐神。

建炎元年（1127）十一月，克勤禅师得到善悟禅师与惠洪禅师邀请后，来到了慕名已久的云居山。入山时写下了《云居山颂》：

众峰盘屈屋耽耽，天上泓澄两碧潭。
渴骥怒猊三大字，高踪千古振名蓝。

上堂时，他又喝偈两首：

（一）

耳闻不如眼见，明辨不如手亲。
四百州天上云居，今日竹舆亲到。
岩峦回合，林岭崔嵬。
白云深处见楼台，恍如别造一世界。

（二）

龙床角头亲赐得，天上云居古道场。
安乐树边藏拙讷，更无佛法可商量。

克勤住持云居山后，任命弟子辅佐自己，其中宗杲为首座、

丹霞端裕为知客、虎丘绍隆为藏主。座下辅佐执事都是俊彦人才，于是云居禅风在江南称雄，四方奔走而来。在金兵南侵、南宋始立的动荡年代，云居山有幸得到他的主持，气象更新，佛法大盛，住僧超过五百人。他曾写下：不到此山游，不识此山美。此山雾腾云，明月一湖水。

几年后，克勤退职回到成都昭觉寺。在那里圆寂，被赐谥号“真觉”。弟子们为他辑录了《圆悟佛果禅师语录》二十卷。

克勤在中国禅宗史上最大的贡献，是撰写了《碧岩录》《圆悟心要》两部著作，把中国的禅文化推向了辉煌的顶峰。其《碧岩录》一书，当时便被人们称为“宗门第一书”，后来更成为历代禅僧参禅悟心的必读要典。此书传入日本后，被日本禅宗列入禅门三大奇书之首。

克勤所传法嗣数十，门下兴旺，其中尤以大慧宗杲、丹霞端裕、虎丘绍隆、华严祖觉、法泰、慧远、道元、元净等人最为著名，都成长为禅门龙象、一代宗师。

端裕（1085-1150），号佛智、蓬庵，南宋初临济宗高僧。俗姓钱，浙江会稽（今绍兴）人。他是吴越王钱镠的后代，出生高贵，眉目清秀，却弃家而去。十四岁出家，再出外参学多年，参拜过净慈寺师一、龙门清远、目露守卓、泐潭景祥、克勤等高僧。后被克勤禅师授予正法眼藏，纳为法嗣。

南宋建炎元年（1127），得到克勤禅师召唤，奔赴云居山，被任命为知客。那时真如禅寺在大家眼里，就是天下的样板丛林。后来，端裕禅师主持了诸多名山大刹，在各处讲禅法，遐迩闻名。慈宁皇太后曾召见他来讲禅，赐他金襕袈裟。

另有一位法嗣祖觉值得一提。祖觉（1087-1150），俗姓杨，四川嘉州龙游（今乐山）人。因为每天带着《华严经》，被人称为华严祖觉。他天资聪敏颖悟，博闻强记，过目成诵。早期仰慕韩愈，极力诋毁佛教。忽然遇到了厄境，终于使他幡然醒悟，跟随慧目能禅师悔过，披剃出家。四川的大帅用特殊礼遇对待他，邀请他主讲《华严经》。年轻的祖觉，站立讲席，词辩宏放，妙语联珠，让人叹服。他还著有《华严集解》《金刚经注》等。南宋建炎二年（1128）左右，他初上真如禅寺，拜见住持克勤，彼此机语对答，非常投缘。他奉上《云居呈圆悟师偈》：

家住孤峰顶，长年半掩门。

自嗟身已老，活计付儿孙。

不久，祖觉得到克勤许可，入室为法嗣。先后留云居山八年。祖觉寄给克勤的另两首偈，很有禅悟。克勤看到后评价说，祖觉总算是彻底开悟了。祖觉禅师的偈云：

出林依旧入蓬蒿，天网恢恢不可逃。

谁信业缘无避处，归来不怕语声高。

一尘起，大地收。一叶落，天下秋。

悬须弥于诸人鼻孔上，著大海于诸人眼睛中。

此外，克勤还有几位女居士弟子，分别是觉庵、本明等。其中觉庵发誓不嫁，在克勤座下开悟。本明，号明室道人，得克勤指点，在南宋高宗绍兴庚申年的二月十五日，撰写领悟的偈子。说明自己将去世的意思，五天以后就圆寂了。这些偈子上说：“不识烦恼是菩提，若随烦恼是愚痴”“人来问我若何为，吃粥吃饭洗钵盂”。

克勤另几位老友李纲、张元干、王洋、王铚等，也都是志趣投缘的名流志士，喜欢禅会，常常有禅诗往来。大名鼎鼎的李纲（1083-1140），与克勤的酬唱诗歌多篇。其中一首《云居勤老以书见邀不果往，戏作此颂寄之》写道：“吾师脱浮玉，振锡来云居”。

第五节　宗杲创立看话禅

在克勤禅师弟子中，宗杲是一个特殊的人物，他是克勤的得力助手，又是真如禅寺事业的继承者。研究表明，他是禅宗史上“看话禅”的创始人。进入南宋后，宗杲在“提倡儒佛渗透，回应儒家辟佛”方面，立下大功。他是当时连结北宋、南宋僧界，链接僧儒两道的最重要环节。

宗杲（1089-1163），临济宗杨岐派宗师，俗姓奚，字昙晦，安徽宁国人。赐号大慧，人称大慧宗杲。他少年入道，参拜高僧，慧解非凡，横机竞辩，口若悬河。在师父湛堂文准（1061-1115）

圆寂后，又各处参学多年。直到三十七岁，前往开封天宁寺，依止克勤参学。

宗杲追问师父关于“有句无句，如藤依树”的道理。

克勤禅师说：“我曾问法演禅师‘有句无句，如藤依树’到底什么含义？五祖法演禅师答道‘描也描不成，画也画不就’。我又追问，‘树倒藤枯时又怎样呢？’他回答我说，‘相随来也’”。

听完这一席话，宗杲释然。

在克勤禅师的指授、锤钳之下，宗杲得以开悟。克勤撰写《临济正宗记》交给宗杲，又命他分座说法。宗杲炷香为誓说：“宁以此身代众生受地狱苦，终不以佛法当人情”。

南宋建炎元年（1127），克勤禅师接受宋高宗旨意，住持云居山真如禅寺。次年，宗杲就上山参拜。第二天，克勤任命他为真如禅寺的首座，说：“这个位置，别人做不来。专门为你预留了一年多。”

当时，云居山上盛名高僧很多，可以说人才济济。当时，就

有几位僧人发出了不平之鸣，一一发问：这位宗杲有何本事？宗杲从容应对，言辞锐利敏捷，法语雄健，声震丛林，举座都叹服敬重，没有人能辩驳倒他的佛理。从此，宗杲的智慧与声望不胫而走。

克勤禅师年老，庙里大事小情，由宗杲请示师父而一一料理。师徒二人经常谈论当时丛林参禅“默照禅”的种种弊端。经过认真思考，宗杲撰写了《辨正邪说》，批驳“默照禅”，并提出“看话禅”，要求看住话头。他这种参话头的禅法避免了学人落入俗套，陷入文字语录纠结，由“得力处乃省力处，省力处乃得力处”发展为参悟“万法归一，一归何处”“念佛是谁”等话头禅。

看话禅是在云居山创立的，宗杲是禅宗参话头的祖师，是中国禅宗史上第一个大力倡导话头禅的人，其禅法特色对此后的禅宗发展影响巨大。

后来，克勤直接退位回了四川，宗杲升为住持。绍兴元年（1131），宗杲在古云门寺（建昌县江上南坑泉祠坳）旧址，躲避李成乱军。就在这里，他又创建云门庵，居静修行，开法讲经，前后三年。还和士珪禅师在此合著了《颂古篇》《禅林宝训》等佛门典籍。

三年后，宗杲下山，赴福建云门传道。南宋绍兴七年，宗杲四十九岁，奉诏住持临安径山寺，竟有两千多人云集听讲，道法兴盛，影响深远，被誉为临济再兴。宋孝宗先后赐号为“妙喜”“大慧”“普觉”。其著述被弟子蕴闻等人收集，汇编为《大慧普觉禅师年谱》《正法眼藏》《宗门武库》及《大慧普觉禅师语录》三十卷等。其中有不少著名的偈语，比如：

稽首不可思议事，喻若众星拱明月。

红粉易成端正女，无钱难作好儿郎。

宗杲还与护法的俗家弟子、丞相张商英、吕舜徒交往很深。丞相张商英（号无尽）为其护法，请求皇帝赐名妙喜庵。两人成为后半生的至交。

另外一位无垢居士张九成（1092-1159），也与宗杲交契。张九成曾任左司郎中、侍郎，调任南昌，始终是宗杲的护法与支持者。宗杲在《寄无垢居士》里，充满禅悟地说：上苑玉池方解冻，人间杨柳又垂青。

宗杲身后，分别是圆禅师和祖禅师依次住持云居山。他们都是宣和五年(1123)左右随师兄善悟禅师上云居山，助之管理寺务。善悟禅师离山后，复辅佐克勤、宗杲。约于南宋绍兴二年（1123）前后，相继掌理云居山真如禅院。

其后的住持，则是善悟的弟子云居自圆禅师。自圆号普云，绵州雍氏子。早年游学，拜访很多高僧，而享誉丛林。宣和五年（1123）跟随善悟上了云居，辅弼善悟、克勤、宗杲等。约1133 年住持真如禅寺，未久离去。《五灯会元》等书中，有他的传记。他的名偈是：

南北东西万万千，乾坤上下两无边。

相逢相见呵呵笑，屈指抬头月半天。

因为时局动乱，战祸频仍，三年之中，云居山住持更换四代。所以，其他的僧众也失去约束，去住无常，殿宇未暇修葺，合寺居住的僧人剩下六十来人，庙宇日见黯淡，直到法如禅师出现。

法如（1080-1146）是善悟的小师弟，俗姓胡，台州临海人。他少年出家，跟随过护国瑞禅师，又游方参学，参拜了浙江、安徽一带的宗师们，晚年到安徽舒州龙门山，被佛眼清远赏识，收为法嗣。

在法如禅师开悟之前，佛眼禅师命法如负责香积之事，法如担心这些杂事影响自己修行。于是以自己道业未办为由，坚决推辞。佛眼禅师勉强道："姑且就职其中，大有人为你说法。"法如只好从命。

一天凌晨，法如开门走进厨房，准备做饭。正好看见供在斋堂里的圣僧像，豁然契悟。急忙跑到丈室，欢喜不已地告诉佛眼禅师。佛眼便问："这里还见圣僧么？"

法如一听，便上前问讯，叉手而立。佛眼禅师笑道："向汝道，大有人为汝说法。"

南宋绍兴四年（1134），在云居山危难中，法如受邀担任真如禅院的住持。法如禅师一方面安定真如禅院僧众，同心佛事，处处以身作则，聚众约三百人。另一方面，广泛联系，团结大批外护檀越，再次建设殿宇。他带领大家，重建了僧寮、法寮、方丈室、香积厨、云水堂等一批堂舍，费时七年，让真如禅院这个古刹重现辉煌。

绍兴十一年（1141），法如禅师又主持重建了大雄宝殿。大殿开基时，在殿中坛座下发掘到古代圣僧佛图澄的铜像、石露盘、佛牙及舍利等物。法如把这些古物埋好，自己撰写了《重建大佛宝殿地宫铭》，再次埋入座下。这种《地宫铭》被洪断、戒显等人效法，后为虚云老和尚所发掘，重见天日。

法如对于管理僧众的工作，非常成熟，很有威信。他擅长说法，博学能文，当时即享有大名。他主持云居的上堂说法，重现了云居道场农禅并重的传统家风。他用诗歌形式，描述云居僧人的农禅生活，诗云：

披簑侧立千峰外，引水浇蔬五老前。

其后，克勤的弟子宗振又再上云居，约于绍兴十五年（1145）左右，接受了真如禅院住持的职务。宗振是丹丘人，在建炎二年（1128）上云居山，参谒、服侍克勤。有一天，他忽然有感悟，他写诗献给克勤，诗云：

我有一机，直下示伊。
青天霹雳，电卷星驰。

他又把另一篇偈子给克勤看，题名为《书云居寺壁》：

住在千峰最上层，年将耳顺任腾腾。
免教名字挂人齿，甘作今朝百拙僧。
泥牛漫向风前嗅，枯木无端雪里春。
对现堂前俱不识，太平时代自由身。

克勤禅师看到以后非常高兴，就教给他心法，收他为嗣，让他接替宗杲，任职真如禅院的首座。宗振不慕虚名俗利，操行高洁，恬淡处事，道德文章兼优，在寺中诸长老里面深受爱戴敬仰。

第五章　黄花翠竹尽真如

“青青翠竹，郁郁黄花”的故事，与真如禅寺密不可分。晓聪禅师、率庵禅师、呆庵禅师也是云居故事的重要人物，他们以言行思想启迪后人，留下了不少充满禅意的诗文。

第一节　云居一碗粥

《云居山志》中详尽记录了“一碗粥缘分”的云居故事，世代相传。这个故事的主角叫作慈觉，号即庵，来自四川的临济宗

高僧。他道行高岸，修持勤谨，博学多才，说法作偈高妙，名气非常大。慈觉出川多年，到处讲经，深受尊敬。在游方建昌时，他想上云居山真如禅院去挂单。

慈觉来到山脚下的瑶田寺夜宿，梦见云居山安乐树神告知：他前生曾经为云居山挑过一担泥土，所以能够与云居结缘，但却只有一碗粥的缘分。第二天他上山，在寺里刚喝完了一碗粥。正好庙里几位僧人相互争吵不休，搅得寺庙不安。于是，庙里就执行真如禅院律条，将所有新到的寺僧都驱逐出山，当然，刚喝完一碗粥的高僧慈觉也在其中。

十年后，约宋绍定四年（1231），云居山真如禅寺没有了住持。此时，慈觉禅师接到南康知府张公邀请，来任禅院住持。约好第二天上山，当晚暂宿云居山下的麦洲庄。

当天晚上，慈觉禅师却圆寂了。人们将他塔葬在圆寂的麦洲庄，至今他的墓塔还在。

第二节　三个和尚在云居

承古、晓聪和善能是宋代三位高僧，虽不曾住持真如禅寺，但三位禅师都与云居山有一段缘分，留下了禅门佳话。

承古禅师，北宋初云门宗高僧，是匡真文偃禅师法嗣。《禅林僧宝传》称其为西州（今吐鲁番）的白种人。承古禅师禀性虚明，操行高洁。参拜过当时高僧大光敬玄、福严雅，但均不得要领。于是，他终日默然，深究前辈的言行，终于得以开悟。其后一直韬光养晦，闭门苦修，以不求虚名而闻于世。

北宋明道、景祐年间（1032-1037），承古禅师居住于建昌的云居山，栖止在弘觉道膺祖师塔的旁边。四方学子久仰他的道范，都奔趋相从。他一一指点，济度多人。时人尊称他叫古塔主。他有一段著名的偈语：

青青翠竹，尽是真如。郁郁黄花，无非般若。

黄泉无老少，春来草自青。干柴湿茭，红焰炎天。

宋景祐四年(1037)，范仲淹出守鄱阳。听说承古禅师道行卓绝，德望高隆，就请他主持名寺饶州荐福寺，再三衷恳，最后把禅师给请来了，所以人们又称他荐福承古。承古在那里讲经传法，盛况空前，声名远播。圆寂于庆历五年（1045），葬在荐福寺侧。

晓聪禅师，北宋初云门宗高僧，是文殊应真禅师法嗣。俗

姓杜，广东韶州曲江人。在咸平初（998-1000）游历江西，起先在庐山，未遇知音。听说云居山上法席兴旺，他就前去挂单，被指定负责庙中点灯、点香，摆放供品的事情。在大堂上众僧设问环节，他对答如流，在回答首座的“你们泗州高僧为什么在扬州出现”设问时，回答说：“君子爱财，取之有道”，也就是说，泗州高僧禅法独特，道行很高，但也可以像君子读书那样，广参博闻，相互借鉴，取之有道。僧众听到新鲜独到的回答，全都大笑起来。

当时莲华峰高僧祥庵听到这次事情，暗暗佩服晓聪禅师的妙语，吃惊地说：佛印的徒孙里有高人。说罢，便朝着云居山方向磕头礼拜。从此，晓聪的名声开始在丛林里传播。

晓聪居住在云居时，曾经在东岭手植万余棵松树，而且每天只持诵《金刚般若经》。后来他到洞山普利寺（在今宜丰）担任住持，大开法筵，广结知识，发扬良价、本寂的曹洞宗风，四方学者争趋相从，法席极盛。

宋天圣八年（1030），他安详离世。圆寂前，遗命徒弟自宝继任住持洞山。后来自宝禅师也担任了真如禅院方丈。

善能禅师，南宋初临济宗禅师，浙江桐庐人。他遍游名山大刹，历访各寺高贤，往来于安徽龙门和江西云居，分别参拜于清远禅师和善悟禅师座下，参学五年，都未有所证。约于宋宣和六年（1124），善能重上云居山，拜谒住持善悟，成为善悟的入室弟子，随侍左右。

有一天，在云居山普请择菜的时候，善悟禅师忽然把一只小猫扔起来，丢到善能的怀里。善能不明所以，刚想问问为什么，又被善悟当胸一脚，踢倒在地上。说来也怪，善能禅师一下子明白了其中禅理，从此“大事洞明，豁然彻悟”。

善能禅师曾有上堂法语云：

万古长空，一朝风月。不可以一朝风月，昧却万古长空。亦不可以万古长空，不明一朝风月。且如何是一朝风月？人皆畏炎热，我爱夏日长。熏风自南来，殿阁生微凉。会与不会，切忌承当。

其中禅味由修行人去体会。

第三节　一阵风来一阵香

1274年，已经是南宋朝最后的时光，当时高僧率庵禅师回到阔别的云居山，接过了真如禅院住持的担子，人们都称他为“南康军云居率庵梵琮”，梵琮是名，率庵是号。

他的弟子小师了见、侍者文郁、本空为他撰述了《率庵梵琮禅师语录》，书中留下不少名言佳句。比如，他在云居山真如禅寺上堂的时候，就拿百丈山那只得道的野狐来作为话题，他夸张地指出：一回泪出，沧海干枯。

率庵禅师共有诗歌百余篇，写得非常通俗活泼动人，而且文字洗炼精准。有一首《率庵歌》写得意味深长，被人们所喜欢：

三间茅屋堪投老，草草生涯随分好。
月池当户镜光寒。竹径绕檐通大道。
风吹叶叶自成堆，信手拈来一茎草。
贱如泥，贵似宝，要用便用不须讨。
辽天鼻孔被渠穿，来往行人俱绊倒。
呵呵呵，会也么，问取前村张四歌。

率庵的诗用语高远绝妙，在《浴佛上堂》中写道：只将一霎

蔷薇露，洗出湖山净法身。现列举三首有代表性的诗作：

（一）

荒村无物当风流，不解梳妆不识羞。
草里有花随手折，等闲插在野人头。

（二）

根尘脱落超诸有，岂与寻常种草同。
塞断衲僧三寸舌，横身钵里展神通。

（三）

生死到来何抵当，月明静夜共商量。
荷花荷叶通消息，一阵风来一阵香。

第四节　跛呆瞎秃说呆庵

在率庵禅师住持之后，还有其弟子宗廓无外、师大小隐，分别在真如禅寺住持了三年、一年。此后，真如禅寺又沉寂了33年时间，直到元朝灭亡的前一年，二十二岁的呆庵禅师前来云居山。呆庵历经艰辛，在极度恶劣条件下，率领僧众开拓寺基，除去荆棘瓦砾，“奔走众工，寺宇落就。鲸鼍震吼，金碧翚飞”，对真如禅寺进行了兴复重建。其后，他在这里“大阐玄机，江右独步”。真如禅寺这一次的兴复，有如耀眼的流星划过。此后，因为战火等多种原因，云居山败落不堪，在风雨中飘摇了两个世纪。

呆庵（1345-1402），俗姓袁，名普庄，字敬中，号呆庵，浙江仙居人。他的长相，按照《自赞》中所述，“面冷于铁，心死若灰”，而且跛、呆、瞎、秃。但是，从他《云居山居》等大量诗歌里看，他绝对不是残疾，且行动灵便，“躬操畚插”，劳作不停，还与大众一起奋力垒石建屋。他自嘲地描述自己的长相，也是充满禅意的。

少年时代，呆庵禅师在家乡不远的天童寺出家参禅，后到各大名山行脚拜师。得悟后，住持抚州北禅寺、云居真如禅寺。

洪武二十六年，朱元璋征召全国拥有高行的沙门入京。呆庵禅师与皇帝对答之间，深得皇帝赏识，御赐袈裟。同年秋，朱元璋命令呆庵禅师主持庐山的祭祀大礼。

这年的十月份，朱元璋赐呆庵禅师前去杭州径山寺当住持，这在当时是绝无仅有的一次。在他的不懈努力和众僧支持下，径山成了天下丛林首刹。明朝对佛寺的控制是非常严格的，对呆庵禅师的这种荣耀后面不会再有了。呆庵禅师于永乐元年圆寂，荼毘后得五彩舍利。

《呆庵庄禅师语录》记录呆庵禅师思想的语录，由呆庵禅师的门人慧启、昙顿等一起汇编，全书共八卷。书中对于呆庵禅师在真如禅寺及径山传法的事情，记录丰富翔实，还保留下来很多富有价值的妙语。这里撮略举例。

一是呆庵禅师阐扬云居山真如禅法的思想：

僧问：“如何是云居境”。

师曰：“路转溪回空院静”。

僧问“如何是境中人”。

师曰：“太平时代自由身”。

二是呆庵禅师留下富于哲理的美妙词句：

红尘飞不到，绿树自成阴。

三乘教典，都无实义。

唤作火则烧杀你，不唤作火则冻杀你。

当门更不栽荆棘，免被人来惹著衣。

仙人张古老，不受药葫芦。

徒将不平事，说与负心人。

话到夜阑山月吐，又骑白鹿入深云。

一人买帽相头，一人隔靴抓痒。见义不为，何勇之有。

锄得一片畲，种得一箩粟。

鞭起铁牛耕大地，谁能井底种林檎。

说得到处，便是行得到处。

业风吹到云居寺，赢得相依安乐神。

三是禅宗公案颂赞。呆庵禅师对禅宗的公案，按照自己的理解，全部撰写了颂赞诗歌，其中不乏金句：

良驹何待摇鞭影，庆喜无端被热谩。

不是风兮不是幡，翻身透出万重关。

昨夜面南看北斗，脚跟不动到家乡。

四是呆庵禅师在云居山期间撰写了许多诗歌，大多包含禅理与美感。

（一）

绝顶深居世念忘，更无佛法可商量。
日高丈五眠方起，一架蔷薇花正香。

（二）

空阶雨后独徘徊，秋色苍凉日影低。
樵唱一声来谷口，竹鸡飞上树头啼。

（三）

处世心如腊月冰，住山自笑百无能。
菜羹且莫熬油煮，留点堂前供佛灯。

（四）

饭罢山行折桂枝，幽兰移得向阶墀。
青青菜甲园中长，白匾豆花开满篱。

（五）

煮菜无盐懒去赊，化粮道者未还家。
一条百衲拈来看，昨夜霜添瓦上花。

第六章　赵州关外秋风冷

明朝初年朝廷规定，所有的僧侣分为教僧、禅僧、讲僧，除了从事瑜珈事业的教僧可以出山之外，其他僧人只能在丛林中专门进行学经、修禅。僧侣同俗世断绝了来往，影响力不再。这对于明朝佛教管控形成了决定性的作用。

于是，赵州关外凄风冷雨，真如禅寺里禅祖蒙尘。到嘉靖末年，真如禅寺的大殿也倒塌了，全山只剩下碧溪桥、讲经台、安乐殿、罗汉塔、赵州关、五龙潭、洪觉道场、撞山桥的故址，石道满布青苔，台阶岌岌可危，殿宇破败，一片凄凉。

直到明晚期，由于万历帝、慈圣李太后对于佛教的崇信，支持建庙，刊印藏经，佛教才得以形成有利发展态势，禅宗丛林及人才蔚然兴起。以当时“明末四大高僧”达观真可、憨山德清、袾宏莲池、蕅益智旭为代表的高僧大德逐渐崛起，他们修复僧寺，撰写著述，四方讲论，传播禅宗思想，形成了一阵很有影响力的风潮。

第一节　明贤禅师苦支撑

自唐代建寺五百多年以来，几乎一直兴盛而少有衰败的真如禅寺，在元末兵乱战火之中，近乎化为灰烬。名僧呆庵禅师曾进行过艰苦重建与兴复，入明以后，在此弘教的住持如惠庆、瓒、贵中禅师，曾维修寺庙，添置庄田。到了正统初年，真如禅寺还保有一些财产。除了禅庙，有庄田四十八处，山地四百七十亩。其中瑶田庄、黄韶庄、塘庵庄、学背垅庄、木桶庄等处田地成片。寺僧们保持“深泥田里好相聚，拽耙鞭牛真快活”的农耕传统，自力更生，讲经传道。可是，到了成化年间（1465-1487），附近的豪强、痞棍开始侵吞盘夺。山下的七大庄田包括石鼓庄、姜庵庄、瑶田庄、黄韶庄、新楼庄、麦洲庄、依仁庄、西津庄，先后被占据。寺田也变成了荒芜的野地。当时，带发修行的明贤禅师，带领徒众苦心支撑多年。

明贤（1536-1588），号大量，建昌县滩溪玲南戴氏子，隆庆二年入云居山，开始住持真如禅寺。当时，云居已极度衰微，僧散田荒，佛事冷落，香火暗淡。他带领法徒真绍等五人，身体

力行，含辛茹苦，竭力保护。在万历三年，他曾邀请过化的高僧、慈州清凉方念在这里住持过几年。在他们努力下，终于让庙里物品稍微丰富充足，呈现振作的端倪。

万历九年（1581），“张居正改革”不断深入，开始推行全国性的土地清丈。当时，地方执行者行法苛刻，把云居山的明月湖、香花山这些早已经荒芜了的土地尽行入册，要求按亩课粮，还使用了明贤禅师的名号，把山林簿田都一一立户造册，完全按照山下的民田一样课税。山上本来就是些冷浆田、荒山冷湖，稻谷产量极低，还要严格科缴，真如禅寺全部田产上交都完成不了任务，这对于真如禅寺的打击是致命的。至此，僧徒更加散落无归。明贤禅师也病倒了，苦苦撑持局面。

明贤圆寂后，其弟子真绍接手，继续惨淡经营破败道场，想修复却有心无力，急需大德能人前来力挽狂澜。从元末至此，真如禅寺在风雨中苦苦支撑了二百多年，也是云居山最为暗淡无光的岁月。

恰逢其时，高僧达观真可（1543-1603）云游至此，得到了真绍禅师的倾心接待。目睹云居零落，达观真可感慨万分，写下了《游云居怀古》的悲歌，这首诗让真如禅寺的命运得以扭转：

> 千尺盘桓到上方，云居萧索实堪伤。
> 赵州关外秋风冷，佛印桥头夜月凉。
> 唐宋碑题文字古，苏黄翰墨藓苔苍。
> 最怜清静金仙地，返作豪门放牧场。

第二节 洪断奔波二十载

洪断禅师（1550-1621）是一位有德的高僧，俗姓张，河北真定藁城人。早年参拜了很多师父，苦行苦修，遍寻大师参究，到武当、终南、云雾、峨眉、衡山等名山挂单求学。他开悟后，受任北京万佛堂住持，前后十三年间，就把万佛堂建成了十方道场、著名丛林，还获准刊印万历版《大藏经》，声誉如日中天。

明神宗万历二十年（1592），达观真可禅师来到北京万佛堂，与住持洪断禅师相会。达观真可把自己在江西云居山真如禅寺的见闻讲给洪断禅师听，并将诗歌展示。

得悉云居祖庭破败不堪的消息，洪断禅师发下大愿，要一力承当。他委托弟子管好万佛堂，向官方申请，要求前往江西建昌。他决心修复云居山真如禅寺这个千年禅宗祖庭。他的要求得到批准，这一年，洪断禅师虚年四十三。从此，踏上了一条漫长艰辛的道路。而在这条充满荆棘的长路上，一走就是二十年。

洪断禅师戴上斗笠、拄着木杖、足穿草鞋，毅然南下来到云居山。临别时，十来位护法伽蓝与之赠别，每人都撰写了一篇《诸缘上人自京师往建昌云居建刹赋此送之》。

到了云居山，当时的住持真绍，带着师弟真炼、真锦、真潮、真泰和徒弟们，皈依到洪断禅师的门下，奉请洪断禅师住持方丈室，带领僧众重建。真绍表示，大家均将全力支持帮助洪断禅师的重建大业。洪断禅师没有推却，义不容辞。他有备而来，率众到山中偏僻处，搭建茅棚，一起闭关修行，跪诵《华严经》整肃家风。又率众“垦劈荆棘，诛茅缚屋”，再砌起长达数百丈的“罗汉垣”。

洪断禅师“广取檀助，广结外缘”，多方奔走，邀请当时的官员、名士游山题诗。诸如张位、王肯堂、熊德阳、于玉立为之撰文，发动广大信众捐助。

似乎是天人感应，正当建庙需要巨木时，易家河魏氏山上的大树被大风吹倒了十多株，他们就把这些大树献出，捐给真如禅寺作为大梁。众人纷纷解囊，为真如禅寺筹备砖瓦、石料等，使得这项宏大工程得以开始。

有一位江苏丹阳县籍的官员贺邦泰，曾经在南康府担任过知府。他心系云居，带领儿子贺学礼、贺学易、贺学仁等人，慷慨解囊，捐资建造大殿。后来，他们还与于玉立、缪希翁一起，施金铸造了高达一丈六尺的释迦牟尼佛像。

与此同时，洪断禅师积极争取高层的重视与支持，讨到了慈圣李太后支持建设庙宇的敕书，从而一步步重建了大雄宝殿、天王殿、禅堂等处。

慈圣李太后是神宗皇帝的母亲，她对礼佛非常虔诚。万历二十四年（1596），她闻听洪断禅师在云居山的苦行之后，派遣太监到真如禅寺挂幡，颁赐黄金、紫袈裟等法物。万历二十七年（1599）禅堂建成后，具有几十年政治声望，备受徐玠、高拱、张居正推崇的老人陆树声（1509-1605），为之题写“选佛场”三个字，悬挂在禅堂正中。选佛场，在禅人中非常有震撼力，体现真如禅堂的追求。名家董其昌也是一位大护法，他积极努力，为真如禅寺撰写了题刻与文疏。

万历二十九年（1601），洪断禅师再次返回北京城，四处奔波不停。慈圣皇太后很快召见了他，并发愿再施内帑，铸造渗金千华宝莲卢舍那毗卢大佛。大佛建成了，高可数丈，雄伟壮丽。

万历三十一年（1603），因真可禅师受到“妖书案”牵连，说他参与了书写抹黑太子的书帖，被抓进了诏狱。在狱中，真可禅师请来香烛，当即就坐化了。作为真可的好友洪断禅师受到连累，也被关进了大牢。不过，因为当时主事的太监快刀斩乱麻，快速结案，他幸运地得到释放。洪断禅师没有顾得上修养身体，

马不停蹄地去迎接太后布施的渗金大佛，押运着转往云居，并建了一座大殿来安置，把渗金大佛作为镇寺之宝保护起来。

皇太后听闻，又派使者前来，赏赐他法器与钱币。1605年，洪断再次回京。国母李太后恩赐颁行的《龙藏》一部，共六百七十八函，运往云居山。次年，真如禅寺新建大雄宝殿及新塑释迦牟尼佛像落成。

洪断在大殿佛像座下建了一个地宫石函，把重要遗物埋藏在内。包括法如的《地宫铭》等古物，加上新造的渗金释迦牟尼佛像，另配太后赐的佛冠、宣铜盒、佛顶珠、梁公砚、古炉瓶等，并新刻《地宫铭》《云居兴复事实详悉传》碑石，记述他重兴真如禅寺的经过。

万历三十六年（1608），太后赐的龙藏，运抵云居山。寺内新建藏经楼也竣工了，便将龙藏安放其内。洪断禅师还设法求到了明神宗御书的“寡过未能”匾额，他把这些字镌刻在禅堂大门柱子上。皇帝还题写了一幅楹联：

智水消心火，仁风扫世尘。

对于真如禅寺来说，皇帝题词不新鲜，唐宪宗、僖宗、宋真宗都曾题写。但这次题写的对联内容，确实是最具体、最准确的一次。

洪断下足了功夫和力气，整肃道风，严格清规，教化信徒，让真如禅寺重拾唐宋风范！在这个末法时代，他悲壮地挽救着人心和道法。

万历三十七年（1609），洪断禅师特地奔赴江苏句容宝华山慧居律寺，礼请慧云古心律师，又邀请自己的师弟、南昌上兰寺的道安一同来真如禅寺弘演毗尼。还请到了名宿千华三昧老人来撑台面。这次法事规模的盛大、人物名望的隆重，达到了当时的顶峰。这个阵势轰动了江西湖北一带，入山的信众络绎不绝。

次年，洪断禅师回京，又专诚邀请革空禅师前来传法。在万历三十九年（1611），革空禅师亲临云居山，讲授《楞严经》等经典。

至此，寺内的天王殿、伽蓝殿、祖师殿、钟鼓楼、山门、僧寮禅房等相继建成。经过持续整修，真如禅寺的建筑规模超过了前代。住寺僧人也增多至四五百人。

对于这次真如禅寺的修复重建工程，文渊阁大学士张位（1538-1605）曾撰《重修云居寺记》记录它，并留下佳句：

天眼一观空世界，人情万事总波澜。

张位弟子曹学铨（1573-1646）留下五律《初至云居有感》：

客愁当雨度，僧梵出云居。

借问何明月？湖光一片余。

另有洪断的友人沈潅、罗治等亦分别留诗：“一瓢何处随缘去，白日青苔云半局”“湖开明月飞鸿过，林定微风倦鸟还”。

此外，状元韩敬（1580-？）还结合自己的苦痛经历忏悔，题诗云：

中间一念错，受此百年谴。

抠衣礼真相，感动泪雨霰。

洪断禅师的大义和言行深深感动当时的僧俗，纷纷称赞禅师：

“志毅恢宏，屡经大难。似有天助”“师住云居山前后凡二十年，因兼主万佛堂事，南北奔走，往还经略，劳心劳力，备尝艰辛。往返南北，六经大难。因其苦行坚志，力行兴复，云居山道场由衰而兴，凡丛林所宜有者，内外焕然”“师学识渊博，工诗能文，意志果毅，沉勇坚定，诚一代宗师也。传徒数十，各为一寺之主，堪为师表”。

真如禅寺多次兴复是极其幸运的。传说，洪断禅师要来云居的时候，真如禅寺的复合神钟不击自鸣者三天。需要大梁时，大风把建昌神树吹倒，灵鹊也把巢移开，让人们运抵真如禅寺。虽然五处开山，六经大难，洪断禅师矢志不渝，一生身体力行，苦参苦行，四十年都睡在地上，直到年近六旬，才开始垫被子。尤其是在重兴云居山的二十年里，他奔波于南北两地，耗尽了体力和心血，以致积劳成疾。

万历四十年（1612），洪断禅师决定离开云居山，返归北京。临行前，他留下了《云居谨示》《云居复古》等四首诗。诗歌中，回顾兴复真如禅寺的艰辛困苦。既有感慨，更有自豪。他严厉告诫子孙要继续维护千年道场，永远鼎盛，并把这些诗歌刻在石头上，与《地宫铭》等一起埋藏在佛座下。

第三节 嗣法弟子守云居

1612 年，洪断禅师离山时，置庄田七处，命弟子常慧、常锦等七人，各守祇树堂、龙溪寺、关房寺、西泉寺等庄进行静修。对于真如禅寺这个大道场内，则虚席等待高僧来住持。因为云居山长年虚位，局面混乱，僧众不得不两次邀请常慧禅师等人上山，掌理真如禅寺寺务。

常慧（1557-1643），明末曹洞宗禅师，字味白，号龟山，洪断禅师法嗣。俗姓胡，南昌胡家坊人。早年出家，奉师命行脚，参拜名山大刹，遍谒大德高贤，孜孜不倦学习，收获很大。万历二十六年（1598），上云居山参谒洪断禅师。言谈交接之间，洪断禅师大为赏识，让他掌管记室，跟随自己身边，勤加训诲。不久，得到洪断禅师传授心印，收纳为法嗣。

当时，洪断禅师奉敕住持真如禅寺，发心恢复古刹。常慧尽心竭力辅佐，重建天王殿、大雄宝殿、禅堂和各处寮舍，开支非常巨大，事务纷繁。而洪断禅师南北奔走，席不暇暖，一直由常慧掌管客堂，对外接待檀越和护法们，对内又要安抚僧众。他为洪断禅师分忧代劳，功绩不可磨灭。

洪断禅师要回北京万佛堂，临行安排所有弟子，去分守各庄庵，把方丈室腾出来，等待十方大德掌理大庙。常慧受命，交割事务，在祇树堂潜心修持，指望安然终老。可惜的是，真如禅寺总是不得其人，僧众们无所适从。

熊德阳、熊维典等护法们反复计议，商定还是由常慧、常锦师兄弟一起来管理。常慧推辞再三，为了真如禅寺的未来，只得挑起这副担子。万历四十四年（1616），常锦退守到龙溪寺，常慧只得一个人撑起真如禅寺的繁忙事务。

常慧禅师朝夕勤勉，奉公秉事，处处维护真如禅寺的周全，直到崇祯十年（1637），颛愚禅师受邀住持云居山。常慧得以退守祇树堂，训徒教孙，恬然自得。六年后，常慧圆寂，徒众为他建塔立碑。熊德阳撰写塔铭。墓塔及碑在真如禅寺赵州关的龟山南麓，至今尚存。

常慧从上云居山，到去世之前四十五年里，一直定居山上。尤其是后三十年，他苦心经营真如禅寺，功劳卓著。他儒释兼通，学问渊博，长于诗文，善于言辩，德才艺均有过人处。其为人庄重雅洁，堪为僧俗师表。其诗风格清新淡雅，极富情趣。其传世作品不多，但是其创作的《云居山咏》充满了禅悦、哲理和彻悟，用语朴实酣畅，直指人心。

（一）

半肩风雨半肩柴，竹杖芒鞋破碧崖。
刚出岭头三五步，浑身都被乱云埋。

（二）

经行仿佛近诸天，月上山街半缺圆。
听得上方相对话，星辰莫骇五峰巅。

常锦，字秀峰，号蛇山，也是洪断禅师的法嗣。他从万历二十六年起，从事真如禅寺殿堂建筑、购材贮料、规划设计、经济筹谋等事务，他兢兢业业，竭尽全力，贡献卓绝。万历四十年，奉师命退守云居山龙溪寺。不久，他被真如禅寺召回，与师兄常慧共掌寺务。他勉力从命，殚精竭虑以维护祖庭道场，并从多方物色高明人选，以应真如禅寺正式住持，但未能如愿，唯有勉强坚持。四年后，退居龙溪寺，直至圆寂。死后，塔葬寺侧。

洪断禅师的云居山弟子还有常元、常亨，也是禅宗的优秀实践者。

常元（1567-1632），号首山，安徽祁门于氏子，法传云居，是袾宏莲池、洪断禅师的法徒，随洪断入云居祖庭，一度入仰山祖庭，后入上高芭蕉园传法，著有《云居集》等二十八部著作。

常亨（1573-1650)，号知悟，是进贤县余家人。早年在北京万佛堂受戒，是洪断禅师的高徒。跟随洪断禅师来云居山，变卖全部家产，始终赞助建设真如禅寺，在真如禅寺大殿建成后，又前往建昌县城奔走，募化上等铁瓦，当时云居山上的铁瓦均为他所募化而来。

常亨圆寂十多年后，即康熙五年（1666），云居山住持戒显禅师于抚州疏山寺讲经说法，顺道造访了芙蓉山上苾蒭禅院，这座庙宇由常亨重建。戒显看到芙蓉山秀伟圆整，深感洪断禅师宗派绵延，后继有人，非常欣慰。戒显写下一首长诗，纪念常亨及其弟子的伟绩：

熊熊万壑争朝宗，沉埋今古悲荒丛。

晨昏禅诵鉴贲锈，云秀收归在此中。

据记载，洪断禅师住持真如禅寺时，僧众达到数百人，寺内维那师法秀看到人多拥挤，很不方便修行，就带领部分僧众搬到

了圆通禅院去，后来由圆通禅院散布到南阳寺、惠云庵、岩前寺等。洪断禅师十位弟子皆从真如禅寺迁出，其中常元前往上高县传法，常月到奉新开基。其他七人分派到附近祗树堂、关房（云关寺）、西泉寺、龙溪寺等。这些法嗣弟子们在各地传播曹洞宗法系，代代相传，直到清代中晚期还兴盛不衰，传播洪断禅师系的曹洞宗思想。

第四节　熊氏家族大护法

建昌县熊德阳家族不仅是当时的名门望族、官宦世家，还是虔诚的大护法家庭。他们先后接力，持续协助兴复真如禅寺、同安禅院、云门寺等各处道场，对本土禅宗发展始终尽心尽力。

熊德阳（1572-1651），字日乾，号清秀，今永修县涂埠镇老基熊村人。明万历三十五年（1607）进士，中榜后任广东高明、浙江德清知县，后经考核升任刑科给事中、兵科给事中。崇祯三年（1630）擢升为太仆少卿（正四品）。躬亲施为，广积善缘，福泽桑梓。修建了“平乐岸”圩、大岸圩等水利设施。明亡后，隐居在今天的江上乡南坑村泉祠坳云门寺，去世后葬在立新乡南岸村的狗子岭。洪断禅师兴复真如禅寺时，熊德阳家族屡次帮扶，让真如禅寺度过了一次次危机。

万历年间，熊德阳接受洪断禅师的委托，扶持云居山。在洪断禅师的传记中，说：“邑人熊青屿公德阳，尝拜师，有“三言之教……”

熊氏多次捐款捐物、护持真如禅寺。真如禅寺的多位住持包括常慧、颛愚、戒显，均由熊氏礼请而来。万历末年，真如禅寺因无得力人经营，僧众不和，险成沙散。熊德阳出面，邀请常慧及师弟常锦上山撑起真如禅寺的局面。多年后，常慧去世，熊德阳为之题写《味白老宿塔铭》。

崇祯八年，颛愚禅师在百般艰难中，受熊德阳等人邀请，就任云居山真如禅寺住持。颛愚禅师在此住持六年，让真如禅寺蒸蒸日上。颛愚圆寂后，熊德阳为他撰写塔铭。高度评价颛愚说：

生也自古，死也长今。

清初，真如禅寺再陷颓废，殿宇塌陷，僧徒四散，宝物丢失，山林废弃。顺治八年（1651），熊德阳家族力邀高僧戒显禅师（1610-1672）自庐山来住持，写了《请晦山大师住云居》的邀请函。

戒显禅师应邀，住持云居十年。四方僧众闻声而来，聚集寺僧五百余人。戒显禅师募化重修大雄宝殿、应供堂、香积堂等建筑，还以最悲深愿宏的壮志，在此创作了十三卷《禅门锻炼说》，以锤炼佛子，又撰写歌颂云居山的诗歌百篇以上。其后，其首徒元鹏禅师再兴建真如禅寺的禅堂、丈室、千华阁、田寮、米寮、耆宿寮等建筑，渐渐恢复唐宋旧观。

不仅如此，熊德阳家族出面与当时的县令蒲秉权、蔡存仁、魏裔鲁、李道泰等交涉，通过官府对云居山真如禅寺僧“云顶田”豁粮免差。当时熊德阳还撰写了《云居豁粮公案跋语》，对有关事实进行了记录。

熊德阳家族对真如禅寺和周边僧寺也多有护持。他的四个儿子都信奉佛法，在艾城、永兴、立新、九合一带兴修圩堤，保护农田和百姓，四处修桥铺路。晚年的熊德阳，隐居在古云门寺，收购了周边九十九亩田地。他的小儿子熊士龙、侄孙熊维典等出钱出力，做好真如禅寺、同安禅院、云门寺的外护。

熊维典的儿子熊远寄是一位优秀诗人，在康熙初年，中举以后任河南林县知县，官至户部员外郎。他幼年出名，刻苦自励，与真如禅寺深结法缘，同戒显禅师、元鹏禅师、海目常源祖孙三代结为方外之交。在1670年至1671年，两游云居，先后写下了歌咏云居佛境的诗歌云：“石榻埋云眠驯鹿，溪桥落日遇高僧”“数声柔橹沧浪外，一壑风烟欧岭头”。

熊远寄与元鹏禅师的年龄相近，交情契厚。他充分肯定元鹏禅师编撰的《云居山志》，称之为“文章佛事，无量功德”。

当然，寺僧也对熊氏家族给予了极大尊重和热爱。真如禅寺住持戒显禅师为熊德阳写诗，祝福他八十大寿。元音等人与熊德阳多有唱和。正印禅师也屡次写诗歌酬赠给熊德阳、熊维典。

康熙五年（1666）秋，熊德阳的儿子熊士龙去世，戒显禅师、元鹏禅师、正印禅师分别为他撰写了《祭熊季纳四居士文》《奠季纳熊居士》《奠无回熊居士》等诗作为纪念。

另外，住持元鹏禅师主持重建千佛堂，他把熊德阳生前题写的“云来狮座”匾额高悬其上，以示后人牢记熊家的功德。

第七章 深泥田里好相聚

作为憨山德清、五台空印等大师的高足，颛愚禅师名满天下。他曾主持湖南五台庵二十余年，著述丰富，弟子遍布。因为憨山德清的因缘，他登上云居山，从崇祯十年至十六年，受邀担任真如禅寺住持，留下了许多佳话和诗文。

第一节 第一道场留颛愚

颛愚（1579-1646），名观衡，明末清初临济宗高僧，是五台空印（号月川镇澄，1547-1617）的法嗣。俗姓赵，河北霸州（今霸县）人。对于他的外貌，其弟子音乘（姚元恺）在年谱中曾描述，说颛愚禅师：“广颡方颐，平顶大耳。修髯如戟，短发覆肩，岁一净落。目光炯炯射人，学者见之不威而慑。”

然而，与之接触却发现，颛愚禅师态度和善敦厚，喜欢静退，不事炫耀。每次自己的大作被弟子们印行散发，颛愚往往会拘束不安。他六十余年手不持金钱，不穿彩衣，服粗食粝，不分门庭，不讥笑斥责前辈与同人。他上结交王公达官，下接触平民百姓乃至于放牛娃，礼数都是一样的。颛愚禅师对于待人接物，可谓彻悟通透，人缘无碍。另外，他的书法铁画银钩、诗词文章行云流水，人们获之如宝。

颛愚的另一位导师憨山德清让他与云居山结缘。德清（1546-1623），号憨山，是明末四大高僧之一，著作非常丰富，德高望重，到处传扬佛法，兴复曹溪祖庭。1608 年冬天，三十岁的颛愚参拜广东南华寺，到了曹溪，欲拜会憨山德清，恰好大师去端州采伐木头去了。于是，颛愚禅师继续游历，并于次年四

月在端州遇见参拜了憨山德清。六月份他又折回曹溪，侍奉憨山德清一个多月，两人言谈接洽，十分投契。憨山德清对他大加赞叹曰：“此吾三十年来目所罕见者”。

憨山德清被戴姓总督邀请前去广州，于是颛愚禅师辞别大师，由粤而北，朝南岳衡山，住静两年。就在衡山的石禀峰上，他不幸误食草乌中毒，大病一场，病骨支离，几不自保，幸被居士刘紫萝、僧人旋湛所迎接，来到邵陵云阳就医两年，又得到居士车自心等人迎请，到邵陵城内居住两年。经过这些大难，颛愚禅师得到大解脱大彻悟，体会到生命“只在无生一念中”。

憨山德清来到南岳衡山，听说颛愚禅师大病，深为伤感，便写诗给予安慰。与此同时，颛愚禅师也非常挂念憨山德清。在万历四十四年（1616）三月初一，三十八岁的颛愚禅师赶到了憨山德清身边，再次侍候他。

颛愚禅师开始为大众讲法，名气迅速上升。在官绅支持下，颛愚在邵陵城外双清矶建造了五台庵。他一边养病，一边著述，长达二十年。

憨山德清对庐山感情及法缘极其深厚。这一年，他已经年逾古稀，弟子们迎请他来到庐山，为之在星子县法云寺（五乳寺）建起了寺庙。他就在这里聚集他的弟子们，传法阐教，并决定藏骨于此。在南康知府等一众官员及各法门金汤支持下，以“庐山德清”的名义印发了自己撰写的书籍。可是，去世前两年，憨山德清又受邀回到自己重建的曹溪，最后在那里圆寂。

在僧俗两界的帮助下，遵照其遗诗遗偈，将他入龛，不辞千里之遥，把他的法体运送转移到了庐山下的星子五乳寺内。庐山脚下云雾缭绕，空气低湿。在没有荼毘的情况下，把他的遗体以打坐的形态放入龛内，置于塔中。二十年后，因为时局纷乱，弟子们又重新将憨山德清的遗体运回曹溪。神奇的是他的真身没有溃败，而且头发指甲都增长了。善信们给大师敷上海南檀香，披千佛衣，形成了肉身舍利，至今尤在。

此时，颛愚禅师对于禅宗的五宗七支都能够包容与理解，著述了《金刚经四依解》《楞严经四依解》《圆通忏法》等著作。颛愚禅师善诗文，待人接物，如沐春风，深受敬爱，信众慕名蜂拥而来。

崇祯丁丑十年（1637）二月，颛愚禅师来到了庐山脚下的星子法云寺，祭扫他尊崇的憨山德清大师。当时，憨山德清的肉身法塔还在法云寺，没有运回广东。颛愚禅师为之扫塔，建了报恩道场，为憨山德清的著作《华严经纲要》做序。法云寺大众请求禅师主法，颛愚禅师没有答应，只同意开戒一坛。四月初八，为弟子们授菩萨大戒。

农历八月，颛愚禅师下了庐山。初三日，他带着侍者，随喜登上云居山。从此，与这座山结下了不了之缘。他看见这里山清水秀，林木幽深，地面宏阔，峰峦环拱峻秀，无异人间神境，就对侍者说：“此南方北山天下第一道场也”。评价之高无与伦比，可见他内心之向往与热切，并写下了《初游云居作》：

路入云霄山外山，几人曾过赵州关？
碧溪流水隔远尘，明月湖光自古闲。
千载树神灵有在，万年香火信无悭。
徘徊祖道重辉日，杖钵相期去复还。

当时，云居山住持的位子久虚，一直由常慧代掌寺务，而且常慧禅师体弱力衰，寺中迫切盼望高僧入主。

颛愚禅师打坐在大树下，有如老僧入定。常慧非常惊异，迎请他入院，说："我昨晚梦见了地上涌出宝塔，原来就是大师您吗？您不是庐山上有名的活佛伞居和尚颛愚吗？真如道场有赖于您，请您留下来，带领广大僧众吧！"

颛愚禅师没有允诺，说："我是个残缺的病僧，托钵余生，不能担当重任。"

第二天一大早，颛愚直奔建昌县境内的云门古寺，去随喜几百年前宗杲禅师的遗迹。不知怎的，颛愚禅师再次发病了。只能在艾城北门外十三里方家岭的甘露庵将息修养，在此养病二十多天。

对于颛愚禅师的到来，常慧没有放弃努力。他立刻与赋闲在家的熊德阳，以及其他僧众、护法一起商量，如何礼请留住颛愚禅师。熊德阳看了颛愚禅师的诗歌后说，诗歌里有"徘徊祖道重辉日，杖钵相期去复还"，说明禅师徘徊良久，一定不会对禅宗祖庭无动于衷的，再去请他。于是，由熊德阳领头，撰写了一篇文启，再三邀请颛愚禅师前来。信中强调，对于云居山上下的关系协调，全部由熊德阳本人负责。

至此，颛愚禅师只得答应，但声明只要合山大众有一个人不愿意、不乐事，自己就不接受，宁可退居而去。他回复常慧书信说，自己这次"舍了几支病骨，先为打扫"，暂时当好住持，用来等待更优秀的高僧前来。

九月初一日，颛愚禅师被迎请进入真如禅寺。这年，禅师五十九岁。

第二节　买取山上石田耕

颛愚禅师到了云居山真如禅寺后，重修禅堂，严肃禅规，云居焕然一新，成为清净道场。按照云居传统禅林规定，冬天打禅七，次年春解制。春天一到，枯萎的荆条抽出嫩芽，古老的银杏树四十年来再次结果。六月份筹备盂兰盆大会，吸引了周边大量信众。夏天，颛愚禅师动员僧人，使用了上千个工时，筑成了石台。

1639 年，弟子元白音可从浙江天童寺回来，辅佐颛愚禅师讲法，组织说戒。冬天结禅，颛愚禅师撰写了《圆通颂》诗一百首，《云居雪狮子韵》诗一百首。其中《云居雪狮子韵》第二十九

首写道：

雪月交辉光满台，忽然突出吉祥胎。

通身不染玄黄色，素性何堪花卉栽。

威武自强喜亦怒，优游独步去还来。

超群灵迹迥殊别，管见休将羊鹿猜。

次年，颛愚禅师率领众僧，改碧溪于青龙山，环流于明月湖，还修筑了明月堂。他为这两处新景撰写了禅联：闲万重云，朗千古月。

颛愚禅师看到有一座古塔沉埋土中，庐墓都长满了树，锄地可听到回音。颛愚断定，这下面一定是古代的僧塔。大家都不相信，颛愚嘱人开挖，终于挖到了塔门。上面还悬挂着古代的锁。颛愚禅师亲自开启，里面有碎石碑，写着“梅花香喷远”的诗句。随后，他率众将古塔封合，并给予重修。

1641 年，颛愚禅师建造了真如禅寺的外墙罗汉垣，周围长达五百多丈。他率诸位弟子运来四块巨石，四个角都放一块，称之为四天王石。

次年，颛愚禅师又在南溪上架设安乐桥，在桥下面还镌刻八个字：“再遇游鲜，主盖豆函”。并亲自书写禅联：

溪北溪南，水绕须弥顶上寺。

关内关外，花分兜率院中僧。

在这期间，发生了一个趣闻。1638 年五月份，颛愚禅师在吉水状元公刘同升（1587-1646）邀请下，去了吉安七里松道场一趟。颛愚禅师与刘同升一家三代人都交厚。当时刘同升写了一首《七里松夜坐怀云居颛愚大师》：

与君长夜憩松棚，又见凉风八月生。

几度冥想随慧远，空令坐上有公荣。

乾坤细细容三笑，草树茫茫话五更。

除架好看圆魄晓，买取山上石田耕。

熊德阳得知后，生怕禅师被刘同升挽留，便立即去信迎请禅师回山。颛愚立刻回复，“哪里能劳您这样殷勤呢”，表示自己会回云居。颛愚禅师在吉安青原，心系云居。他带着米船回云居山，可是当时朝廷规定严禁夹带粮食，经过周旋，都不放行。后来，通过颛愚禅师的信徒、江西兵宪金之俊（号岂凡）亲自出面协调，米船才得以顺利转运到云居山真如禅寺。颛愚禅师在极为艰难的环境下，让云居山重现唐宋道场雄风，因此人们都传说，颛愚禅师是道膺禅师再来。

第三节　诸佛子，同我来

在入山的第二年，也就是崇祯十一年（1638）春天，颛愚禅师在云居山上，带领佛子们农禅并重，坐香出坡，并作《插禾偈》（也称《云居同众插禾》）四首，让弟子们传唱。这是一种自力更生、艰苦奋斗、不靠外援的精神。诗歌中有“足食足衣足受用，任风任雨任安排”“泥水通身俱是乐，禾苗放手不须排”“一茎微露劫前事，好信春光遍地来”等佳句。

不仅如此，在1641年，颛愚看见禾苗秀丽、山色增辉，喜而创作了近五千字的《插田歌》，让僧众在插秧、耘田、割稻时吟唱，使大家忘记劳作的艰辛。这篇《插田歌》气势恢宏，文笔典雅，言浅意深，脍炙人口，娓娓动人，其音韵之美、文字之朴，非常特殊，择其部分分享如下：

诸佛子，同我住。莫将文字求归趣，

闭目暝心寂灭魔，谈玄说妙闲家具。
正法轮，田一片，诸佛众生同一贯，
百千三昧此中生，性德恒沙不可算。
诸佛子，同我去，深泥田里好相聚，
拽耙鞭牛真快活，拖泥带水浑无顾。
畦畔分明水路通，泥水平如掌面同。
拈起禾茎次第插，宽狭横竖须合中。
田角斜，禾路直，横竖成行如丝织。
畦似如来福田衣，禾像梵王网孔密。
诸佛子，同我来。及时应节莫挨排，
插得一茎一佛现，千茎万茎皆如来。
日出作，日入息，野老升平忘帝力，
纵使文章冲北斗，还须男耕女仍织。
放心栽，莫顾虑，为君再举末后句，
饭到大家同放参，泥深各自高揭裤。
信得及，同我住，碧溪桥畔双杏树，
若有疑虑莫虚劳，且向诸方托钵去。

这里还有个趣事，可见颛愚禅师在僧人心中的地位。1642 年，已有些名气的正印禅师正在豫章西昌（今新建）黄牛洲闭关，闻颛愚禅师至境，于是破关去拜见颛愚，两人相见，非常投缘。从此，正印禅师拜颛愚为师，跟着上了云居山，向他求学圆通法门。颛愚禅师赠诗曰：西山红雨静，南浦白云多。

在云居山的七年之中，颛愚禅师指点僧俗很多，包括撰写书信、开示，赠酬诗歌等。比如，禅理很深的《赠约生熊给谏以差竣复命二首》，其中说：

惟圣是心，惟贤是行。

心行不凡，名位即圣。

善恶从习，凡圣无性。

有人问颛愚禅师，修行从什么地方下功夫？禅师答道：真实做功夫，无别奇特，只一“舍”字，便能超佛越祖，舍之又舍，以至于尽。

崇祯十六年春，颛愚禅师已经做了离山打算。指示方融禅师为首座、正印禅师为次座。八月初四，颛愚禅师入山刚好六年。这天，他交付法徒方融禅师等人后，自己飘然下山，坐上船前往

吉安。随后，云居山接连发生三次地震，似乎是天人感应，为颛愚禅师所鸣响。

颛愚禅师入青原山净居寺等处传法，声震吴楚，道洽王侯。其后，他又开创了石城县紫竹林，住在那里说法。仅一年多时间，颛愚禅师就圆寂了。

颛愚禅师性格内向自省，严肃庄重，不多谈笑，事事躬亲，以身作则。他一生精通的当首推《楞严经》。他住持的地方都虔诚唱诵《圆通忏法》，当时被人称颂为圆通宗，很有影响力，其

德范感动无数人。他经常在大伞下坐禅，也被称为“伞居和尚”。

第四节　五老峰前一带山

颛愚禅师下山以后，弟子方融禅师继任真如禅寺住持。方融禅师俗姓任，字号为如玺，甘肃凉州（今武威）人。少年在家乡出家，几年后出外参学游方，游历江浙和江南诸名山大刹。后来跟随颛愚禅师，担任了真如禅寺监院，不离颛愚禅师左右。合寺大小的事务，无不经他料理处置。云居古刹杂务纷繁，方融禅师

费心费力，是颛愚禅师的左膀右臂。他兢兢业业，奉公克己，以身作则，得到两序大众的爱戴钦服。

颛愚禅师离去后，方融禅师率领合山千余僧众，努力保持和发展云居道场。方融禅师夙夜亲劳，农禅并举，不敢稍有怠懈。

有一则故事可以看出方融禅师的道德与圆融境界。

清顺治二年（1645），金陵天界寺觉浪道盛（1592-1659）上云居山来。当时山上僧众兴盛，道盛禅师希望静住，方便他钻研佛典。方融就在旁近处建造小茅庵，让道盛隐居，而且每天诚恳顶礼，服侍道盛，向他商榷求教，极得道盛禅师的赏识，并把法嗣衣钵传给了方融。

颛愚禅师离开云居去了石城县紫竹林。当时南昌、新建、建昌许多护法居士和僧众，以书信、诗歌等形式，力邀颛愚禅师重回云居，方融禅师也准备启程。道盛禅师写下诗歌《讯候颛愚大师》，拜托方融禅师捎去，以书讯表示诚挚问候和期待颛愚禅师回归。诗云：

云居特地禅床动，弥勒谁云不下生？
明月湖边孤鹤远，清风江渡古帆轻。
五台有会堪成卧，千里同堂可作盟。
却惜谢公能折屐，何妨大伞此中撑。

方融禅师出发前，云居山的一株老银杏忽然折一根大枝，又地震了一次。顺治三年正月，弟子们到达紫竹林时候，颛愚禅师已经生病，五月份圆寂于石城县的紫竹林。紫竹林和云居山都想安葬颛愚的灵骨，双方争执比较激烈。

方融禅师便请道盛禅师来做决断，道盛禅师是丛林尊重的前辈，一言九鼎。他说，颛愚禅师住云居山六年多，在紫竹林只有一年，还是让颛愚禅师归葬云居，但是考虑舆情，让紫竹林立衣冠冢。事情就这样解决了。

颛愚禅师另外几位弟子如音可、音住、音明等人，也留下许多佳话。

音可，字元白、符白，俗姓邓，湖南武冈人。后来住持皖城清凉庵、黄山莲花峰庵、靖安泐潭宝峰寺。崇祯十年（1637）前后，音可住在宁波天童景德寺。听说颛愚禅师新任江西云居山真如禅寺住持，就来投师。音可禅师服侍颛愚禅师数年，彼此相契。六年后，颛愚禅师离开云居山。于是，音可也出外云游参学。

清顺治三年（1646），音可再次回到了云居山真如禅院。当时，合寺僧众商议敦请颛愚禅师回来住持云居。某夜，忽雷雨大作，通宵达旦，明月堂左侧一银杏古树因雷击而断折。大家议论纷纷。音可知道这绝不是好兆头，当即吟偈一首，悲观地说：古树何宜折半株？……吾师未必转云居。

果然，不久真如禅寺僧众得到回音，颛愚禅师已在紫竹林圆寂西归。

当时，由住持方融禅师率徒往石城，迎取颛愚禅师灵龛，委派音可禅师代管真如禅寺事务。在颛愚的葬礼办完后，音可应聘住持马祖古道场泐潭宝峰寺。在那里，音可开法筵，振宗风，讲经说法，立坛传灯，法席颇称鼎盛。当时，人们称呼他为“中流砥柱”。晚年，他又开创慧山泉水寺。圆寂后归葬宝峰。音可著有《圆通宝忏》二十卷传世。他持律严谨，学识渊博。其诗歌颂了云居几乎所有的景致，而且禅风清新熹微，非常耐人寻味。撷取三首如下：

明 月 湖

无心照出青山面，今古何人作眼酬？
光影分明瞒不得，峰头月冷一湖秋。

赵 州 关

明月湖头一转语，赵州到此绝思维。
寻常把断藏身处，绿水青山放过谁？

安 乐 殿

怪石奇松非殿阁，树神断不住人间。
长年安乐知何处，五老峰前一带山。

音住，号遁庵，是颛愚另一位弟子。清顺治八年（1651）时，担任云居山真如禅寺监院，而方丈虚席。他领衔率合寺僧众并本邑居士熊士龙（号季纳）等人，启请戒显禅师自庐山归宗寺来莅临住持。

音住儒佛兼通，颇具文才，骈体文与诗歌均有名于时。他对云居山各处，包括赵州关、莲花城、佛印桥、石鼓峰、罗汉墙、复合神钟、钵盂峰、神宗御笔、云居西岭讲经台等都进行了题咏传唱。他在《云顶田》中写道：谁能学稼云霄外，笑傲沧桑便是仙。又在《明月湖》云：

应是圆湖爱上流，不然奚涌此山头。
泉飞雪练三千丈，月吼云居四百州。
空谷冷吞冰峤古，乱擎惊出石盂秋。
寒光吸尽归何处，万壑奔雷一镜收。

颛愚禅师还有位弟子叫音明，字晦之，留有《云居石船》，其中的诗句境界高远：

渡生已毕似闲舟，恒泊云湾溪水头。
不柱中流藏此壑，何年撑出竹林秋。

第八章　悲情至诚一孤僧

清代是佛教发展的艰难时期。临济宗高僧戒显（1610-1672）是一位才华横溢的读书人，因为明朝灭亡、清军入关，悲愤而出家。顺治八年（1651），戒显应请自庐山来云居山住持十年，再次把真如禅寺兴复起来。他饱含血泪，书写许多优秀诗文。在云居山上，他一边开辟西岭讲台，弘传佛法，锤炼僧才，一边创作《禅门锻炼说》这部具有深远意义的经典理论著作。

第一节　戒显入山青衫湿

戒显俗名王瀚，生于江苏太仓一个诗礼传家的望族，世代为官为儒。他从小博闻强记，秉赋超卓颖悟，在诗文书画等方面很有造诣，才华横溢，闻名一时。与后来成为一代文豪的吴梅村（1609-1671）既是同乡，又是同窗，年龄也相仿，当时声名并驾齐驱。其科举前途一片光明，当时都认为他必然会成为“公辅之器、栋梁之材”。

戒显早年苦读佛学，深深地体会其中的禅悦。只是因为有年老的父母双亲在堂，不能出家。但他无法忘怀佛法，曾亲近高僧雪峤圆信、密云圆悟等人。

明崇祯十七年（1644），李自成攻入北京，崇祯上吊而亡，其后，清兵又强占了北京。噩耗传到了江南，戒显举声恸哭，无法抑制悲伤。戒显与吴梅村约定一同剃发出家。起初吴梅村答应了，可是后来吴梅村改变主意，反而劝戒显放弃。戒显不为所动，决定独自入山求道。他卷起自己平时创作的大量诗词、科举文章，焚香祭拜孔子后，全部烧毁，又把自己的秀才青衿脱去，放在明伦堂，断然舍俗出家，自称“明遗民”。

后来，吴梅村入仕为官，戒显表示理解，只是劝其亲近佛法，吴梅村备感惭愧，并表示：以十年为期，将随戒显学道悟禅，了此残生。然而，吴梅村再次失约，两人只好通过诗歌往来。

许多寺庙得知戒显要出家的消息，都想得到人才，争着想为戒显剃度。当时，德高望重的佛门泰斗千华三昧老人游历到了江

浙，戒显前去拜见并跟随一起上华山，从而成了千华老人的入室弟子，老人为他取法名戒显，号晦山。戒显跟随他获益良多，接受了具足戒。接着，千华老人指令他，出外游方参学。

其后，戒显在显宁寺参拜了具德弘礼，言谈相接，甚为投契，戒显心悦诚服，弘礼禅师亦欣喜得人。于是，戒显被留在弘礼禅师的门下，也就是一两年时间，得其心印密契，成为法嗣。

具德弘礼移住西湖灵隐寺，想安排戒显继任显宁寺住持。戒显认为自己还须进修，于是告别本师而入庐山。此后的两年，戒显挂单于东林、西林、圆通、归宗等古刹。他参拜了各位大德高贤，精研佛典，勤习教义，修养道行，还徜徉于庐山山水之间，寄意林泉，吟诗著文，恬然自乐。与此同时，有几位高官如熊开元、张立廉等人，在戒显的影响下，也先后效法戒显，入山为僧。

第二节　一生心事醉湖天

清顺治八年（1651），因为熊维典及真如禅寺的邀请，戒显上了云居山。此前的负责人是庙里的监院音住禅师，他始终不肯就任方丈。戒显应聘而至，音住就带领合山僧众，恭请莅临住持。音住继续任监院，全力辅弼。

戒显重兴云居主要做了建庙、豁粮和传法三件大事。戒显感概大好云居，在战乱中禅风衰退，丛林颓败。据戒显自述，当时云居山上：“冰霜严于剑戟，风雾烈于雷霆”，此前洪断所兴复的云居山建筑，多有倒塌，包括铁瓦藏殿，也渐渐被风吹雨打所锈蚀、损毁。于是，他发心重振，兴复庙宇。戒显禅师广结外护，化行于江楚。一时间，释门英才云集，檀越施主沓来。经过他数

年的苦心经营，寺庙得到重建与恢复。

顺治十年（1653），戒显主持重建了大雄宝殿。施工时，戒显禅师又将一尊铜弥勒佛像、一枚玉章分别埋藏于大雄宝殿和藏经楼佛座之下。特意制作木碑一块，亲撰铭文，一并存放在大佛底座的下面。到了顺治十六年（1659），大雄宝殿、香积堂等次第告成。

戒显这次兴残起废，易故鼎新，各殿堂寮楼、名胜古迹、祖师墓塔等，都一一进行了重建、整理、修葺，终于让膺祖繁盛道场宛然重现。据康熙七年（1668）建昌县令米汉雯《望云居》记录：云居秀绝东南表，拔地撑天气象尊。

另一件事就是豁粮公案。早在万历二十年（1593），真如禅寺住持真绍禅师书写状纸，申诉真如禅寺的粮赋问题。在熊德阳及知县张焕、蒲秉权、蔡存仁等人支持下，寺僧陪同建昌县县丞及地方乡邻多人，重新踏勘云居山莲花城内外田地，复经县、府批示，革去万历九年所立粮课壹拾陆石叁斗之弊，恢复此前壹石捌斗老例，真如禅寺负担得到减轻。为了避免粮赋再次加重，寺庙刊印了《豁粮公案》一书，刊刻流通。

明亡之后，租税问题反反复复。戒显派监院肇隆与当时的县衙积极联络，解决了历史遗留的粮田问题。当时的知县魏裔鲁经反复核实，同意了真如禅寺粮课差役减免的方案，“以寺粮别立僧户，名云居常住，附于芦潭镇之册尾”。这些田亩本身属于冷浆田，租税只比照芦潭的荒田纳租，全山总共只需要缴纳十二担二斗谷子。为了防止以后的人变乱，又禁止“滥援此例”。魏知县撰写《敕建云居山真如禅寺立寺僧户碑记》一文，刻石树碑，以存久远。这项德政对古刹的稳定发展具有不可估量的作用，也是对戒显禅师和真如禅寺的直接支持。

这件事过去二十年后，新知县李道泰到任，住持燕雷元鹏把戒显禅师刻印的《云居豁粮公案》一书，请县令重新作序再版，将这一豁免真如禅寺粮饷、差役的政策，世代相传。在官方支持下，真如禅寺原有的山林、湖池、田园都得到收复。

还有一件事就是传法千古。戒显一到云居，则率众耕作，殿堂厨库，顿然一新。他前后住持十年，全力倡导禅学，弘传戒法，道誉闻于江楚。为提升传法的规模与效果，戒显禅师在云居山开辟了西岭讲经台。亲自在讲经台开法，每次听法者都在三百人以上。戒显禅师立制定规，大开法筵，以临济七事钳锤衲子，其禅风以毒辣严厉著称。四方僧众闻声而来，寺内又集至五百余人。

顺治十八年（1661），戒显移住黄梅双峰，主持四祖道场，大阐宗风，名声远播，缙绅士大夫争相趋从，四方衲子纷列门墙，合寺集僧几近千众。各地寺庙纷纷邀请他去住持。

戒显一边讲经说法，一边著书作文，虽垂老而孜孜不倦。他创作的《禅门锻炼说》《灵隐志》《匡庐集》《楚游录》《炮庄集》《晦山和尚语录》《晦山和尚诗文全集》《云居赋》等，先

后刻版流通，对后世影响很大。

戒显禅师撰写的《佛印桥》，表明了自己心迹：

苏黄胜迹止层巅，佛印风流万古传。

丈室久沉明月面，石桥犹锁碧溪烟。

开先瀑口虬松吼，扬子江心玉带悬。

更有云居佳话满，一生心事醉湖天。

戒显法徒众多，得到他真传的僧人也很多，以元鹏禅师为首，嗣法弟子就有二十六人，嗣律的弟子二人。其中七位声名远播，分别是云居元鹏禅师、抚州疏山寺的颐西元器、饶州莞山异目元宗、饶州南天异峰元迴、鄂州梅亭白云元映、杭州香积玉山元玢、鄂渚大洪山润堂元证。

1675 年，戒显禅师圆寂于杭州灵隐寺。他的弟子元鹏禅师等迎法身回云居，在道膺祖师塔右边为他修塔安葬。墓塔至今尚存赵州关外百余米处，正面正中镌刻着楷体的碑文，“传临济正宗第三十二世戒显和尚全身塔”。

第三节　云居锻炼说

戒显禅师出身名士，中年入道，勤思苦研，于佛学有切身体会。他非常痛心当时的禅风，希望教育后学，要像熟悉病情、炮制药材一样，以纯正的药料救治，又要融会贯通。他批判“食色名利外，人生别无事业”的思维，大声疾呼保守佛法，他撰写了理论著作《炮庄序》，又为自己的著作《书义全提》写序言，认为不能让丛林后继无人，导致“匿影云居，知音盖寡”“与井蛙说海，夏虫语冰。不惟不信，必笑而谤之”。为此，他不停撰文传世，锤炼僧材，以期“刬破藩篱，独步大方”。

戒显禅师能以高妙的方法教诲门徒，锤炼后学。古人评价他

教学的优秀成绩："因人施教，不假因循，严而不苛，猛而不伤""云居膺祖古道场来请，（戒显）不得已应之，历十年……是时禅风渐衰，和尚以临济七事钳锤衲子，号为毒辣……入室者甚众，皆天下之英俊，化行江楚数千里"，他的教育让法嗣衣徒受益很大，他的法系也流传久远，其禅风余脉所及，遍布江南各省，时间覆盖清朝乃至近代，被誉为一代宗师，不朽楷模。

戒显禅师的禅宗思想及教学方法独特，被他自己总结为《禅门锻炼说》。该书成稿于云居山，又称《云居锻炼说》。共分十三篇，系参照《孙子兵法》体裁编撰，是戒显阐述禅宗教学的精心著作，后收入"续藏"。

当时，前明的兵部主事、浙江提学副使、南昌居士黎元宽在该书的序言中精辟地评价了戒显这部著作的深刻意义，结合自己的体会，介绍这部著作的作用。

夫岂犹是万物为铜，除阳为炭之说……则是尽大地里一齐火发之义。

若此者，亦锻炼之极致也。

另一位高官张立廉（冰庵）得到该书的书稿，阅后极为振奋，提笔也写下序言，赞誉该书的重要意义，其中写道：

近世法道陵迟，宗旨昧略……晦老目睹后五百年，此印渐没……

念晦老多载开法，椎拂之下，蔚起龙象，接武克家，非偶然者……

倘据位称师者，能依说力行，光明种子，永不绝于世矣！

据戒显禅师披露成书的心路历程，在该书的《自序》中，他以"纯用兵机""暗合孙吴"作为目标，并指出：余实见晚近禅门，死守成规，不谙烹锻，每至真宗寂寥，法流断绝……是真能善用孙武子，而不为赵括谈兵矣！

《禅门锻炼说》一书站在各丛林如何培育大材的角度，对于禅宗人才的信念、苦行、识别挑选、开示、个别启发、禅坐、锤炼、德操与提升、简拔任用等方面，进行了全方位规划与指点。通篇文字潇洒，举例精详，耐心细腻，具有很强的指导意义。

这本书被后人比拟为“禅门兵法”，在禅宗教育历史上具有划时代的意义。既有理论价值，又有朴实简易的操作性。

第四节　吾归何处去

纵观戒显禅师的一生，他对人、对佛法、对云居山表现出来的恳切与赤诚让人感动，他对禅门教风的高度责任感和使命感，能刺穿纸背，超越时空。他性格坚强，坚决不肯与清朝统治者合作。他入寺为僧，先后参拜径山圆信、密云圆悟、宝华三昧、具德宏礼等高僧，最后得悟。在当时异族统治的历史条件下，他所表现的民族气节曾受到许多人们的尊敬。

戒显禅师“博学强记，三教书无所不览，尤精墨妙，兼通六家书”。老友徐增（1610-1675）评价戒显的书法，“得晋唐神骨，偶落一字，人争宝之”。戒显禅师还留有大量诗文，《云居山志》《建昌县志》等书中得以保存下来。他的亡国深痛与悲愤，反映在诗歌中。如《金陵怀古》诗：

石头城下水淙淙，西望江关合抱龙。
六代萧条黄叶寺，五更风雨白云钟。
凤凰已去台边树，燕子仍飞矶上峰。
抔土当年谁敢盗，一朝伐尽孝陵松。

又如，在《登黄鹤楼》诗歌中，他无奈而又苍凉激昂地写道：

谁知地老天荒后，犹得重登黄鹤楼！
浮世已随尘劫换，空江仍入大荒流。
楚王宫殿铜驼卧，唐代仙真铁笛秋。
极目苍茫渺何处？一瓢高挂乱云头。

戒显禅师在云居山撰写了百篇诗歌，诗词水准高妙，遣词用句，很有东坡的大气顺畅，词句信手拈来。诗词分别有云居山遣怀、歌颂及酬答三类。遣怀诗歌感情细腻而沉郁，佳作丰富，其中一首《满庭芳》是和苏东坡的词，写得很有境界，也很有禅悟：

归去来兮，吾归何处？嶙峋天上云居。人间虽好，苦热似熬鱼。幸尔驱车欧阜，重登眺，万仞匡庐。鸡公畔，莲华圭壁，锦绣一时舒。

鹿池，幽岭下，卧云深处，面对香炉。遇虎溪三笑，凭吊唏嘘。西指柴桑故里，伊人远，五柳萧疏。从此上，湖天雪瀑，高卧翠芙蕖。

戒显禅师与同时代很多高僧交往深厚，留下很多传唱佳作。他在云居山上与人酬答的诗歌也不少，往往充满悲情。他的师弟济润在戒显禅师快要离开云居时，前来拜访，题赠《访云居晦兄和尚》等诗歌，其中诗云：

几年梦作此山游，今日携筇到上头。
玉殿珠楼横鸟道，雄风浩气压神州。
堂开明月鱼龙夜，桥锁清溪鹤鹭秋。
话及近时禅院事，弟兄相对泪交流。

另一位挚友、真如禅寺护法居士史白，字坚又，号白也，鄱阳人。平日好佛，顺治十七年（1660）邀请戒显前去重兴饶州荐福寺，戒显推荐了首徒元鹏前往，后来居士又请戒显师住持开法。史白留下唱和诗云：

闲云未许恋苍萝，寄迹江干古树多。
师自吾无隐乎尔，我将如此良夜何？
残山剩水几回梦？皓月清风时一歌。
坐久寒涛落松杪，经声忆到远公鹅。

戒显禅师用《答史白也居上来韵》答复道：

久依统壑卧青萝，自笑闲名惹事多。
足跨两船犹叵耐，网来三面更如何。
重拈济北当头唱，再唱关南旧日歌。
万顷湖光明似镜，也知好放右军鹅。

知名作家金庸的先祖查继佐（1601-1676），曾参与抗清复明斗争，兵败回到南方。查氏兼学佛道，晚年向佛，与重兴云居山真如禅寺的戒显禅师颇有交情，曾为《晦山诗文全集》作序，肯定戒显禅师的理论圆融，“理迄无穷，则谐于理”，叙述自己与戒显的交情，对戒显的文章道德做了高度评价。

第九章　一泓收尽万山秋

继戒显禅师之后，其法徒元鹏禅师就任真如禅寺住持，时当康熙初年。元鹏禅师继承戒显禅师未竟之功，且发扬光大，在寺内大兴土木。到了清康熙七年（1668），新建的禅堂、方丈、千斋堂等建筑即告竣工。与此同时，元鹏禅师还继承颛愚禅师和戒显禅师两位前辈的遗愿，完成了《云居山志》的编纂。其后近二百年时间，云居真如禅寺兴衰起伏，代代相传，得到众僧守护与传承。

第一节　云居元鹏著山志

元鹏（1617-1677），明末清初临济宗高僧，字九屏，号燕雷，俗姓李，豫章剑邑（今丰城）人。他出身于士族世家，但是在婴儿时期母亲就去世了，三岁的时候父亲又亡，命运给了他过早、过多的苦难，但是他没有屈服。在艰难困苦中，元鹏未放弃学习，因为聪颖灵敏，好学上进，十九岁就考上了科举功名。当时人们都认为他会是仕途骄子，辉煌腾达。

元鹏有一位胞叔出家于饶州青莲寺，法号慧空。明末时局急剧动荡，年仅二十四岁的元鹏，起身去青莲寺投奔叔叔。没有想到，他一到青莲寺，就得知叔叔已经圆寂了。

悲惨的身世使他下定决心，抛弃尘俗，参拜青莲寺的太空禅师出家。他发奋苦学，刻苦自励，数年中阅尽青莲古寺中所有经藏。又勤谨修持佛律祖规，从不懈怠，得到师长好评及同参禅友的钦佩。清顺治五年（1648），他学有所成。于是，奔赴匡庐，顶礼当时的名僧九云禅师，受具足戒。九云禅师认为他定有出息。

不久，戒显禅师从西湖灵隐寺来到庐山，在五老峰下住静。元鹏得讯后，立即前去瞻拜参谒。两人彼此切磋探讨，非常投缘，很是默契。

顺治八年（1651），元鹏应命，再次返回了饶州的青莲寺。元鹏返青莲寺后，越发刻苦研学，然而依然还有诸多的佛学奥蕴，

无法理解。他内心中郁积着许多的疑惑，耿耿于怀，不能解脱。这时候，戒显禅师应聘到了建昌云居山就任真如禅寺住持。元鹏不肯放弃，便给戒显写信，提出了二十四个问题，以求教解答。

戒显禅师深为元鹏的好学精神所感动，耐心地回答了所提的问题，并一一剖析，在信中还热情邀请元鹏前来共住。

元鹏获得戒显禅师召请之函，既感其知遇之恩，更钦其博学多才，道风高峻，立即驰赴云居山。戒显禅师乃率众亲迎出山门，大喜曰："第二代云居来也！"

戒显禅师让元鹏掌理记室，随侍左右。从此以后，元鹏追随戒显禅师近二十年，朝夕切磋，日夜商権，终于洞悉纲要，采掘精华，道行与日俱进。

当时，戒显禅师正在重建真如禅寺，重兴唐宋大道场。为了做好这样的大事业，涉及殿堂楼阁的建筑、庄庵田地的经营管理、法堂佛事的设置安排，还有纷扰不停的宾客来往，各位檀越护法的联络等等，这些繁杂事务多由元鹏具体打理，不遗余力。戒显禅师深感得力，非常贴心。

顺治十七年（1660），戒显禅师五十初度，就在诞辰之日，把衣钵交给元鹏，纳为法嗣。第二年，戒显禅师应蕲州黄梅四祖道场之请，离别云居山，于是吩咐元鹏禅师继任真如禅寺住持。元鹏遵命升座，戒显非常欣慰称赏。当时有高僧在寄给戒显的信中写道："新云居才一堕地，便觉声闻异凡鸟。"

据记录，在康熙六年（1667），元鹏又跟随师父戒显禅师去杭州径山寺，住持是他的师祖具德弘礼禅师，师祖非常喜欢，甚至想留他在自己身边。师祖给他"衣拂"，叮嘱他"天山一脉，全在尔躬"。

元鹏禅师住持云居山真如禅寺前后十七年。除弘法传灯、维

护宗纲外，对于真如禅寺丛林建设事务，非常上心，认真努力。历年来元鹏禅师率督合寺执事、僧众，重建了禅堂、方丈室、东西廊舍及其他殿堂楼阁，还增置了庄田两处共六十亩。

元鹏继承颛愚、戒显的夙志，踏勘山川地形，收集历史，辑录历代文墨，终于在康熙十二年（1673）编成了第一部《云居山志》。全书凡二十卷，对于云居山的山水、桥梁、殿堂、楼阁，以及五龙潭、赵州关等景观胜迹予以记述和制图。书中追叙了自唐代道容禅师开山以至其时的重大兴废事由，详细记述了寺内历任住持，以及曾过化于本寺的诸多名僧，记录事迹、有关诗词、散文等，把唐宋以来，名人白居易、皮日休、苏轼、黄庭坚、朱熹等游山谒寺后的题咏诗词歌赋，一一收录，留下了宝贵的资料。

元鹏撰写了《云居山志编辑缘起》，说明编撰该书的初衷：

自马大师西江腾踏，选佛场开，竿影星罗，法道冠冕乎华夏。数传而后，门槌拍板，云居又冠冕乎神州。

若佛果敕黄之亲到，坡翁、涪老之记载，谓“四百州天上云居”。觉亦曰：“天上欧峰寺，历四十余代，诸志麟奔凤翥，响震传灯。

明中叶时，祖席荒夷、曲册、碑碣芜没殆尽。幸晦老人重振禅宗，住持十载。著作既繁，兼欲编纂。以经营土木，未果成书。

鹏继席，匡领之暇，苦心搜採。积之十年，据实诠次，薄成卷帙。非敢上侔辑，聊综古今著述之万一，以存名山形胜，先哲风范云尔。

七十五岁高龄的熊维典对《云居山志》进行了审定，还欣然命笔撰序。他回顾前后五十多年的跌宕起伏历程，以及戒显禅师、元鹏禅师的历史功绩。欣喜地评价说：山川怀不孤之德，法门阐不二之宗。自万历以来，于斯为盛。而公以笔墨收之。

时任建昌县知县李道泰（1617-1683）也写有序言，赞叹元鹏禅师的功德、云居的神奇，概括《云居山志》的意义，说：燕和尚弥天朗朗，如湖中明月照人。明月泓水，常流人间。盘蹦岭白，行吟湖青，石桥坐月，茅屋编烟。一篇洒落文字，苏黄不用着笔。大鸣山上石鼓，灌入人间耳中。

这本书的跋是请建昌官员吴峦写的，1670-1675 年，他任职建昌县司理。跋文中，欣慰书稿之成，并追思历代云居山真如禅寺兴废，对无人修成山志非常感慨。极力称赞该书的划时代意义，颂扬它为不朽之作：云山修水，并垂不朽。

在真如禅寺修建经营完成后，元鹏想辞位谢事。元鹏给远在黄梅县四祖寺的师父戒显禅师写信，专门要求辞去真如禅寺方丈。不久，受邀去杭州灵隐寺祝贺戒显禅师六十寿诞，再次要求辞去方丈。当时具德和戒显禅师认为，建昌云居意义重大，是唐宋历代祖师弘法扬教的重要道场，交给其他人难以胜任，所以不被允可。

康熙十年（1671）腊月八日，元鹏把住持位置传给了首席弟子海目常源，叮嘱他代理寺务。自己芒鞋草笠，一杖下山，前往抚州疏山追随戒显禅师。当时，芙蓉山苾禅寺兴旺起来了，坚请元鹏主持讲法。元鹏留在芙蓉山一年，期间主持了禅戒两期，名声震撼八闽，四方英衲接踵而至。在讲禅之余，元鹏又访问耆宿，查核史料，编辑成了《芙蓉山志》，刻版行世。

第二年，戒显禅师在杭州佛日寺圆寂。元鹏得讯急赴杭州，要把戒显禅师的法身运回云居山。当时，佛日寺负债达数百金。他只好到处筹借，为他们偿还。他把装着师父舍利及骨灰的法龛拥在怀里，倒退着下山。后来，他多次经历水陆险情，在云居山上下奔走，为戒显禅师筹建了一座全身法塔。通过他的全力谋划、多方筹资、反复设计和督工，在康熙十五年（1676），戒显禅师的法塔建成了。

是年五月，元鹏把徒弟爆钱常朴、鲁萃常楷、月麟愿成三个人叫来，把自己的衣钵传给了他们。九月，他背着先师戒显禅师的遗稿，到处找人刊刻。终于得到熊维典等人的大力支持。随后，吴城的僧俗纷纷前来，请他去吴城的经堂寺开法，皈依他的人很多。

次年（1677），元鹏禅师返云居山。他知道自己大限将至，又收了最后两位嗣法弟子鹤睡和寂琴。然后沐浴更衣，便圆寂了。他的首徒海目常源首座继主寺务。

第二节　诗僧有情杳白云

在戒显禅师的诸位弟子中，有才情的多，有开拓精神的多，有能力的多，但是要论起忠诚，元鹏禅师确实是独一无二的。他对戒显的遗作非常恳切，对他的遗命全部实行，尽自己力量，完

成了《云居山志》，留下了很多宝贵的资料。真如禅寺至今的很多记录，都来自该志。

元鹏禅师以儒入佛，内外兼通，博闻强记，学殖淹贯，且又精于词翰，长于言辩，道望才名均称雄于时。他住云居山十数年，升座说法无数，开示语录亦皆精辟透彻，振聋发聩，还学到了戒显禅师凌厉严峻的教徒风格。有《语录》五卷，诗文若干卷行于世。

元鹏的诗歌在《云居山志》中保留了三十多篇，对云居景点赵州关、五老峰、钵盂峰、莲花城、石鸡峰、石船、石鼓峰、明月湖、罗汉墙、罗汉塔、佛印桥、神宗御笔、复合神钟等基本上遍咏，且很有禅味，比如他的《云顶田》写道：“烟蓑雨趁巢鸠唤，箨笠云随水鹭飞。”

元鹏热爱云居，撰写了颇具特色的《山中四咏》：

我爱山中春，苍崖鸟一声。桃花源里住，罕见问津人。

我爱山中夏，空冥花雨下。行吟屐齿肥，树色丽四野。

我爱山中秋，黄云稻正稠。铚声连振起，镰子刈禾头。

我爱山中冬，冰澌叠乱封。地炉无品字，一榻冷千峰。

元鹏的酬唱作品较多，与不少护法居士诸如熊士龙、史白也、袁懋芹、李道泰、熊远寄等人唱和。他为熊士龙的去世撰写了两篇悼念诗歌，写道：

独有海昏遗烛远，法灯处处见全神。

元鹏的诸位师兄弟登云居山，也多有酬赠。其中顺治十三年，异峰元迥赠诗歌说：

山顶湖澄千顷雪，洞门潭迅五龙雷。

康熙八年秋，贞元元濂赠：

欧阜钦风久，灵山若有期。

载堂元舆也曾写道：

光寒宝剑三千客，调琢狮筋五十弦。

平湖涌出乱峰头，一派浮空压众流。

展超元凤与元鹏禅师唱和明月湖诗，其中写道：天上云居真绝景，一泓收尽万山秋。

另外，有一位超宗禅师，也叫音翼，号异目、万松，是颛愚禅师的嗣法弟子，曾撰写《贺云居燕兄和尚》，留下了脍炙人口的名句：云岭甲江右，名高四百州。

第三节　占得空山土一堆

元鹏圆寂后三年即康熙十九年（1680），嗣法弟子五人为元鹏建成全身法塔，熊维典亲撰塔铭。塔尚存，存今云居山真如禅寺西北侧后龙珠峰上。塔座西朝东，系花岗石结构，塔中青石碑镌“临济正宗三十四世燕雷鹏禅师塔”。

继元鹏禅师之后，海目常源、莪山密行、异目元宗、一木重本、德胤天祚、佛日明熙、天灿、熊云、佩章潢、学道、显洁、达旭、智根、本尘、净尘、昌桂、了尘等僧人，均一度住持真如禅寺。

元鹏的法嗣常源（？ -1682），号海目，清初临济宗禅师。

一直跟随元鹏禅师，为其首徒，得其悉心教诲，道行根基深厚。康熙十年（1671）冬腊月初八日，接受衣钵传承，成为元鹏禅师法嗣。当时，元鹏禅师住持云居山真如禅寺多年，同时开法于上饶的荐福寺、抚州的苾蒭寺和都昌的多个寺庙。有时候，他还要前往湖北黄梅五祖寺、杭州径山寺庙去服侍戒显禅师，所以云居山真如禅寺的事务都交由常源主持料理。以首座的身份摄理院事，修缮殿宇，管理庄田，弘法传戒，迎来送往。康熙十七年，常源正式继任住持，四年后圆寂。塔葬在寺外左侧约一里处山麓，今存。

常源禅师为云居山景点撰写了不少诗歌，很有特色。如《五龙潭》有“晓雾浮沉龙殿稳，春流澎湃海门开”的佳句。在《罗汉塔》写道：

方广云居隐现来，几番踪迹令人猜。
秘遗疮蜕香千古，占得空山土一堆。

锡杳南台眉影断，携分西岭话如雷。

都卢收拾湖天上，塔石嵯峨绣碧苔。

密行，清初临济宗禅师。号莪山，俗姓闵，德安人。幼年时在德安岷山紫晖寺出家。他勤谨修持，苦究经典，又参方游学，足迹遍布江南名山大刹。中年入云居山真如禅寺，以其勤学苦修、饱参博学而得赏识，成为云居道纶的法嗣。

清康熙二十九年至三十三年间（1690-1694），密行就任真如禅寺住持，讲经说法，名声远播。康熙三十七年（1698），密行又接受了湖北广济县令刘临启请，入主四祖道场黄梅双峰禅院，在双峰寺大弘禅宗教义，四方从者甚众，法席盛极一时。密行内外兼学，有文采，善辞辩，颇有宗师风范。有语录行世。

元宗，又作天宗，号异目，于康熙三十四年（1695）前后，任真如禅寺住持。任内主持修复殿宇，添置田产，广结外护，安众行道，道场时称鼎盛，丛林奉为楷模，人称其为中兴祖师。当时，庙里面集众近千人，殿阁辉煌，佛像庄严，法席盛大。元宗禅师还请人铸造了大铁锅数口，称为“千僧锅”。今寺中尚存其一，上镌“康熙三十四年乙亥岁孟春吉旦立，广东佛山万名炉造”。康熙三十六年元宗圆寂，葬本山。塔尚存，在今赵州关内明月湖畔，1984 年修复。

重本，清初临济宗禅师，号一木。俗姓周，德安人。在他十岁时，进入岷山紫晖寺，当时密行禅师为他剃度，指导他精研佛典，严谨修持，命出外游方参学，求师问道，历访名刹，遍谒大德。

康熙三十年（1691），重本禅师上云居山。此时，莪山密行任住持。在云居山，他深入思考。一天夜里，钟磬敲破了，他马上领会了机缘，大彻大悟，从此心地洞达，尤其擅长临济宗的机锋，应答如流，没有任何阻碍，对古代的公案理解，思维也非常

契合。密行禅师非常欣赏他，传法于他。

康熙三十七年（1698），重本就任真如禅寺住持。他在任内弘法传教，竭力维护道场。他性格豁达，颇富文才，有《云居草》《云居语录》传世。到了晚年，回到德安岷山紫晖寺。按他的遗命，弟子将他的灵骨归葬真如禅寺赵州关明月湖苹果地。

天祚（1655-1717），字德胤，约于康熙五十年至五十六年（1711-1717）间任真如禅寺住持。圆寂后葬本山。塔尚存，在今真如禅寺后龙珠峰山上，与元鹏禅师塔比邻，1984 年冬，修葺一新。

明熙，清代禅师，号佛日。约于雍正年间中期（1727-1731）任真如禅寺住持。雍正六年（1728），他还曾经立坛传戒，法席兴盛，声名远播。

天灿禅师，临济宗高僧，约于雍正后期（1732-1735）任真如禅寺住持。

熊云禅师，生卒年及字号未详，在 1743 前后任真如禅寺住持，长于文，曾为云居山马嘴石院耆宿正方禅师墓塔撰铭，文尚存。

佩璋（1689-1756），名潢，字佩璋。出身于书香世家，九岁时，梦见老和尚呼唤，于是就向母亲请求出家，得到允可，参拜化城庵的悟生禅师剃度。十个月后，到了云惊峰，他参拜友高禅师，在他座下受戒。后来又参拜了柏林音禅师，音禅师指令他参堂，足足参了二十八天，最后得到开悟。于是，他作了一首偈子：

狗子佛性无，赵州不自呼。

娘生今看破，佛祖嘴嘟噜。

柏林音禅师非常喜悦，把他作为嗣法弟子带在身边，南北传法二十多年，不离左右。清雍正四年（1726）秋，音禅师圆寂。次年冬，奉清世宗旨意，迎接音禅师的佛龛入京，葬塔于西山大觉寺。雍正下令，归宗寺改名瞻云寺，钦赐手书“瞻云寺”匾，邀请佩璋住持。

佩璋禅师就在那里开堂弘法，前后十年有余，接纳四方衲子，他请求辞方丈位，清世宗不允，命仍主归宗，并赐大衣等物。在乾隆元年（1736），佩璋进京恭送清世宗入葬，顺便辞去归宗寺住持职。此后，就隐居在京西的圆通寺，闭门研修。乾隆六年（1741）夏，建昌县士绅请佩璋主持云居，因寺中尚有住持，佩璋没有答应。直到云居住持圆寂，大家再次坚请。他只好从夹山回来，入山担任住持。此时的云居山举目荒凉，殿宇败落，法脉衰微。佩璋不辞艰辛，苦心经营，住持十余年，得以百废俱兴。他门下嗣法弟子特别是有道高人不少。1756 年他示寂西归，塔今尚存。时任南康府知府马德生为撰塔铭。

学道，乾隆四十年就任真如禅寺住持，前后达十年。他重整清规，千辛万苦重建庙宇，祖庭道场为之焕然一新，有中兴祖师之称。圆寂后葬本山，塔尚存，在袈裟峰山脚下，也就是开山祖师道容塔的旁边。

显洁，清代临济宗禅师。约于清仁宗嘉庆中期（1804-1812）任真如禅寺住持。他同当时云居山栖传寺住持净裔及其徒佛忍二禅师颇为友善。嘉庆十四年（1809），曾为净裔、佛忍二禅师合葬墓塔撰塔志铭。

达旭，清代临济宗禅师，约于道光年间前期（1821-1830），任真如禅寺住持。与当时栖传寺中兴住持指南胜葵老和尚相交厚密。达旭在道光四年（1824）为指南老和尚撰写了塔志铭。

清晚期至民国的一百多年，社会动荡，外侮屡至，真如禅寺也长时间地陷入衰落之中，名声久寂。有记录的大僧包括智根、本来、净尘、昌桂等人。

智根禅师，在清光绪十九年（1893）就任真如禅寺住持。他就任住持这年的三月份，高鹤年居士游历云居山真如禅寺，参访了智根禅师。禅师以妙语相赠："多静坐以收心，寡酒色以清心，去嗜欲以养心，诵古训以警心，悟至理以明心。"

本来，清末民初临济宗禅师，属于戒显禅师嫡传，道行很高。在1912-1915年任真如禅寺住持。当时战火绵延，民国初年的新运动要求没收寺产。他竭力维持，力图振作。

1915年，净尘禅师上云居山，继本来禅师之后，任真如禅寺住持。他曾驻锡镇江金山寺，多参广识，道行卓著。在云居山上他集众百余人，主持新建了禅堂、客堂、斋堂诸处，装修了庙宇和佛像，缁素共仰，香火极其鼎盛。1922年，他退位外出，由昌桂继位。1925年，净尘禅师再上云居山，重新担任真如禅寺住持，1929年再退居。此后，云居山真如禅寺经波历劫，衰败颓落。

昌桂禅师，于1922-1925年，继净尘而任真如禅寺住持。当时，寺庙经净尘禅师恢复整饬，焕然一新。昌桂继续修葺，加以维持，并添置新田15亩。1924年5月，高鹤年居士再次访问永修各大庙宇，登上云居山，与昌桂禅师畅游真如禅寺附近各遗迹。禅师留下一首偈语：

猛兽容易伏，人心最难降。
溪壑终能填，人心却难满。

了尘禅师，湖北人。1924 年，他和与太虚、圆瑛等十八位禅师一起，创立了全国佛化新青年会。1929 年，他继净尘禅师任云居山真如禅寺住持，未久即去。两年后，还曾出席第三届全国佛教徒代表大会。

抗日战争期间，真如禅寺又惨遭蹂躏。1939 年 3 月 19 日，日军借口云居山“兹山险峻，易伏游兵”，竟然用燃烧弹炮轰真如禅寺，寺内诸殿宇楼阁大多被毁，就连大雄宝殿上覆盖的铁瓦有的也被烧毁熔化了。此时，寺中仅有的十三个僧人，为了免于遭难，被迫四处躲藏。日本侵略者来到真如禅寺之中，破坏掠夺一空。珍贵的明代卢舍那佛铜像等，因搬不走而抛弃在荒草之中。日军走后，僧众草草垒起大寮三间，暂且当作殿堂。

性福（1893-1966）禅师，从 1929 至 1956 年任住持，带领僧人在这里苦苦支撑，一直守候着，等待高僧大德的出现，期待云居中兴。

第十章　一领衲衣承五脉

有大能力的人，才能够成大格局；有大愿力的人，才能够成就大事业；有大慈悲的人，才能够创造大成就。对于虚云老和尚来说，三者兼备。也只有虚云老和尚这样的大菩萨，才能一身承继五宗法脉，慧灯长明，光耀四海。

第一节　闭目观心大菩萨

虚云和尚（1840-1959），原籍湖南湘乡，俗姓萧，名古岩，字德清，法名演徹，号虚云。父亲萧玉堂在福建泉州做官。虚云1840年生于泉州，出生时母亲颜氏不幸去世，由庶母王氏抚养长大。他自幼即厌荤食，性喜恬淡，好读书习礼，聪慧过人。初见三宝法物，就生欢喜之心，遂萌发弃世出俗之愿。十九岁时，潜至鼓山涌泉寺出家。从此，开始了他的百年苦行之路。

虚云和尚的一生极为传奇。四十二岁时，为报答父母养育之恩，他发愿从普陀山起香，三步一拜朝圣五台山。一路上备受酷热饥寒之苦，几经磨难，屡次死里逃生。历时两年多，终于到达

五台山，其中的艰难非常人所能承受。为求得佛陀真谛，他勤修苦行，研习经教，参究禅宗，访遍国内的名山大刹，并且由西藏远赴印度、斯里兰卡、缅甸等地，朝礼佛迹……终于在一次禅堂修行期间，因茶杯落地的破碎声而大彻大悟。他当即诵出一首偈子：

杯子扑落地，
响声明沥沥。
虚空粉碎也，
狂心当下息。

虚云和尚多灾多难的一生，正值中国最为动荡不定的年代。他经历战乱饥荒、内忧外患、天灾人祸，可谓九磨十难。但这一切，从来没有动摇过他的意志和信念。虚云和尚慈悲为怀，经常救助众生。在抗日战争最为艰难的时候，他带头节衣缩食，捐献粮食以救济灾民，还举办法会为阵亡的抗日将士祈祷安魂，表现出一位出家人的拳拳爱国情怀。在云南鸡足山，虚云和尚曾顶着枪口，冒着生命危险，感化了排斥佛教、拆寺逐僧的统兵官，并使之皈依三宝。他还凭着自己的威望，历尽艰险，和解了一场西藏分裂叛乱，使黎民百姓免受战乱之苦。

虚云和尚德高望重，一直受到僧俗两界的恭敬与景仰，与各时代的高层人士都有交集。他十分谦和，处处平等待人。在现存的所有虚云法像中，老和尚容颜慈悲，双目微闭，总是一副“目观鼻、鼻观心”的菩萨像。到了晚年更是如此，极力倡导众生平等。曾经有一位年轻僧人顶礼参拜他时，他也合着手趴在地上回礼，让年轻僧人感动一生。

虚云和尚一杖一笠，行遍天下。他历经十五座道场，中兴六大名刹，重建大小寺院庵堂八十余处。每到一处，他无不竭尽全力，虽数次险遭不测，却总奇迹般化险为夷。其背后的故事感天动地，不胜讲述。每当建好一处寺庙，虚云和尚便毅然离开，交由他人管理，继续去下一个最需要他的地方弘扬佛法。他从不贪图名利，即使在成立中国佛教协会，他作为发起人之一而被请求出任会长时，也以年事已高为由婉言谢绝，只接受任名誉会长。

然而，当得知曹洞宗的发祥地云居山真如禅寺破败不堪时，虚云老和尚不顾年迈体弱毅然上山，发愿重兴真如禅寺。与此同时，他冥冥之中感到这座长年云雾缭绕的禅山，将是自己的最后归宿。虚云，云居，这似乎是一种天意。此后，虚云老和尚在云居山上度过了他人生最后的六年。

第二节　虚云悲心保衲衣

1953 年夏天，时任中国佛教协会名誉会长的虚云老和尚在庐山大林寺休夏养病。当时，有一本《现代佛学》的杂志刊载了真如禅寺和尚直纯《开垦云居山刍议》的文章，介绍云居山千年来的盛景与现在的惨状。6 月 23 日，虚云老和尚读到该文后，对祖师道场的遭遇感到很不安。

当时，真如禅寺所有建筑全毁，僧人四处逃难。只有性福和尚和三位僧人搭建茅屋苦守祖庭，佛像也湮没在荒草之中。7月，性福和尚派遣弟子达成前去庐山问候虚云老和尚，并盛情邀请老和尚前来真如禅寺查看。

农历七月初五，虚云老和尚带领侍者觉民、果一等人，前往云居山礼拜禅祖，实地查看、了解山中的情况。看到这座千年祖庭、历代祖师最胜道场破败不堪，只剩下残破大寮三间，其余的大殿墙倒房塌，瓦砾遍地，荒草过膝，明代铜铸卢舍那大佛、千华铜座和观音大佛被荆棘凄凉地包围着。虚云老和尚感慨万分，写诗明志，感慨“草深三尺金身露，五老峰高挂夕阳”。他以历史的责任感与担当，誓言“打地抛砖兴土木，此心唯有树神知”，毅然决然发愿重兴真如禅寺。虚云老和尚来到了云居山，消息传出，四方衲子云集而至。

第二年开春之后，寺内僧众在虚云老和尚的主持下，报政府

批准，组成了僧伽农场，下分为农林与建筑两队。农林队负责开垦荒地，造田种稻，植树造林，砍竹伐木，加工产品。建筑队从事修复重建寺院事宜。虚云老和尚带领僧众开荒垦地，躬耕陇亩，打地抛砖，重建寺庙，再塑佛像。建筑队在年内五六月间，就完成了两层楼砖木结构藏经楼建筑，以及碓坊、牛栏等。

当时，老和尚已是一百零四岁高龄，每天四处巡视，查看建筑场所和开荒的地方。还亲自指导生产生活与参禅。他每天要接待来自各方的人士，晚上在禅堂开示两个小时。再开始翻阅来自各地的信件。对于各种信件，他一一过目。重要信件，他亲笔回信，其他的就口授，由弟子代为回复。每天往往只能休息两三个小时。他带头节约粮食，珍惜福分。吃最难吃的薯叶、薯皮，乃至于过冬后的苦薯都不舍得扔掉。在云居山那样苦寒的天气里，坚持苦行。曾经有位僧徒用餐时，把烂红薯皮扔在桌上，老和尚见了，并没指责他，而是默默地捡起来，塞进嘴里吃下。那位扔红薯皮的僧徒羞愧难当。从此，寺里所有人都不敢再浪费半点粮食。

1955 年，真如禅寺僧众的人数仍有增加。同时，大家在虚云老和尚的主持下，继续进行农林生产与修复重建寺院的劳动。至夏收时，已开垦出水田一百四十余亩，旱地数十亩。年内，还完成了香积厨、库房等的建筑。收货谷物、蔬菜已经自给有余了。

冬月，虚云老和尚在真如禅寺内开设了“自誓受戒方便”法门，为数百四众弟子授了三坛大戒。这一年里，真如禅寺常住委托性空和尚，在苏州觅回清康熙年间元鹏禅师主修的《云居山志》，虚云老和尚亲撰《云居山志重刊缘起》，发起重刊山志。

1956 年，真如禅寺的修复重建之举进展加快。年内，相继完了大雄宝殿、天王殿、韦驮殿、虚怀楼、云海楼、斋堂、客堂、报恩堂、西归堂、钟楼、鼓楼等土木建筑工程。冬月，又开始了从张公渡至真如禅寺登山大道的修建工程。这一年内，真如禅寺在农林生产方面也得到较大的丰收，共收获到稻谷四万五千多斤，杂粮两万六千多斤。同时，营林造林数百亩，所出产的竹器、茶叶、银杏、笋干等也得到了较为可观的经济收入。

四五月的时候，侨居加拿大的皈依弟子詹励吾、汪慎基夫妇发心，分六次寄来钱款，为虚云老和尚建造“留云塔院”。收到款项后，虚云老和尚立即亲自复信，表示此举“意甚可感，而云平生未尝特建一椽一瓦，以图享用，敬却云云”。进而建议将此款项用来建造云居山海会塔，以供放历代祖师及往生四众骨灰。

虚老此举得到詹氏夫妇的同意。

这一年，海灯法师从上海来到云居山。在虚云老和尚的安排下，原住持性福和尚退居，海灯法师升座就任真如禅寺方丈。八月，由虚云老和尚与海灯法师共同主持了讲经法会。会期长达四个多月，海灯法师为数百四众弟子开讲了《楞严经》。

九月，真如禅寺得到吴宽性居士大力支持。虚云老和尚率僧众开始重浚明月湖，疏浚碧溪，并对横跨于碧溪之上的佛印桥进行垫石加固。在施工中掘得巨石一块，上有宋代学士苏东坡亲笔书写的“石床”二字。虚云老和尚把这置于佛印桥旁的岩石称之为“谈心石”，辟为古迹胜景，并赋诗一首镌刻于其傍之石壁上，以为纪念：

坡老崇佛夙愿深，谈心石上畅幽情。
碧溪桥畔留古迹，云任卷舒本无心。
四海欢腾尧天日，泽被苍生庆和平。
信义真诚曾留带，云辟溪桥标印名。

鉴于形势变化需要，经过多方协商，将原“真如禅寺僧伽农场”挂靠于省属云山垦殖场，成为经济独立核算，保持宗教活动和个人修持自由的“僧伽生产大队”。

在虚云老和尚的主持下，海灯法师又在寺中开讲《法华经》。期间，得到侨居南洋槟榔屿的陈嘉庚嫂嫂王碧莲居士的资助，寺内开办了“佛学研究苑”，择寺中有一定文化基础的青年比丘就学其中。到冬月，寺中结禅七三期，参加者不但包括真如禅寺及云居山诸寺僧众，而且还有不少专程从香港以及内地其他省市闻讯而来的四众弟子。

同年冬月，由吴宽性居士资助的山北自张公渡登山大道的修建工程，也在虚云老和尚的组织下开始动工。此道路始于张公渡，终抵赵州关，全长十八华里，路面宽六尺。沿途架设了龙王桥、乘云桥、云荫桥、飞虹桥等桥梁，全部工程在1957年春夏之交完工。

1957年，真如禅寺修复重建工程大体完工。新建的功德堂、祖师殿、禅堂、如意寮、上客堂、伽蓝殿、祖堂等陆续告竣；诸殿堂内的佛像塑建与加彩饰金也全部完成。此时的真如禅寺，不仅殿堂齐全，如规如仪，而且规模宏大甚至超过了前代。这次的修复重建工程之所以能进展快，成效高，除了寺内僧众在虚云老和尚精心组织与安排下共赴艰辛，奋力劳作外，也与海内外诸善信檀越的大力相助是分不开的。他们多为虚云老和尚的法嗣或皈依弟子，其中有旅居香港的圣一、宽慧、云海、度轮，菲律宾的性愿老禅师、印度尼西亚的海涵禅师、美国的知定禅师、柬埔寨的宏义尼师等禅师和加拿大的詹励吾夫妇、马来西亚的郑真如、上海简玉阶、香港吴宽性、林远凡等居士捐资甚多，上海梅宽辉居士为佛像贴金供养黄金八斤。

7 月，真如禅寺委托香港岑学吕居士整理编辑的《云居山志》脱稿。是志计二十二卷，卷首配有真如禅寺大雄宝殿等处照片十六帧。虚云老和尚不顾年迈，抱病撰写了《重建云居山真如禅寺事略》和《云居山志重修流通序》，分别详细地记述了自 1953 年秋以来，主持修复重建真如禅寺的具体情况，与此次修志的缘起及其经过。把书交由香港志莲净苑与佛经流通处联合出版。

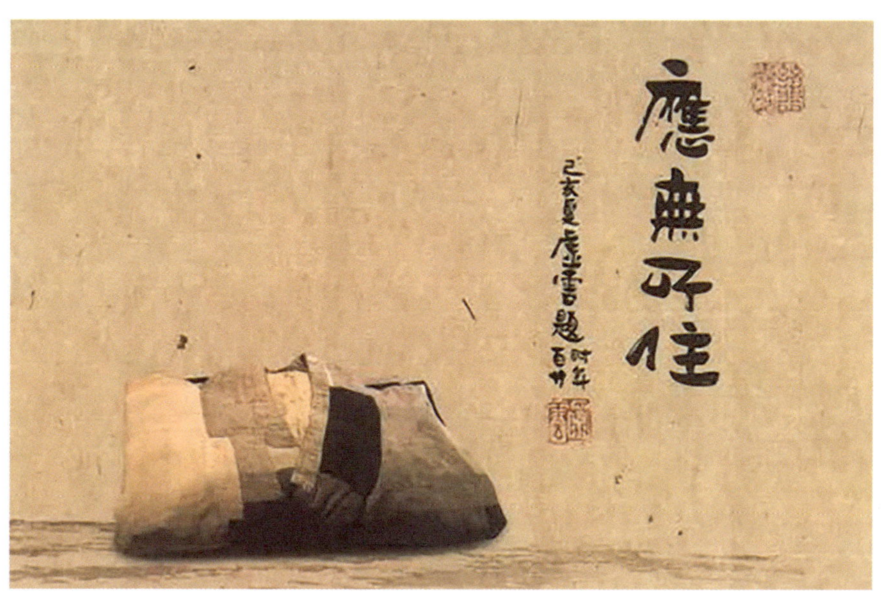

同月，由虚云老和尚主持的“云居山海会塔”在赵州关外东南侧百余米处建成。到这年底，经过数年的恢复和修建，真如禅寺的面貌焕然一新，常住僧众也多达二百余人。

虚云和尚一生都在保护僧众衲衣，时刻告诫众僧弟子，要“勤修戒定慧，息灭贪嗔痴”，保持僧侣本色。在社会大变革时期，对出家人要不要保持传统戒律、着穿衲衣等问题争议非常激烈，虚云老和尚大声疾呼，据理力争，最终保住了僧人穿袈裟衲衣、吃素食、守戒律的僧侣本色，否定了 僧侣“穿中山装”“蓄发”“食荤”等提议，使中国佛教至今仍处于正常轨道上健康发展。

1959 年秋，虚云老和尚身体日渐衰弱，自感将辞别人世，便嘱咐弟子将自己身后的骨灰撒入江河，与水族结缘。圆寂前，他一语双关地对身边的弟子说：你们要保守好这领衲衣，它是我一生拼死争回来的。弟子问，如何能够永久保守？他只说了一个字，戒！

农历九月十三日，虚云老和尚在云居茅篷内安详圆寂。世寿一百二十岁，僧腊一百零一年。荼毗之后，得五色舍利子数百粒。

虚云老和尚是近代禅门泰斗，一身承继五宗法脉，对佛教做出了巨大的贡献。他不仅重兴了大量寺院，恢复道场，更重要的是为后世禅宗复兴培养储备了大量的弘法高僧和护法居士。其门下嗣祖沙门比丘较为著名的有十余人，其中释一诚、释传印两位大德高僧先后担任中国佛教协会会长。

虚云老和尚的一生跌宕起伏，颇为传奇。他以振兴禅门为己任，慧灯长明，被人称之为民国四大高僧之首。他波澜壮阔的一生，正如他晚年写的一副楹联：

历经四朝五帝，不觉沧桑几度；
受尽九磨十难，了知世事无常。

虚云老和尚著有《楞严经玄要》《法华经略疏》《圆觉经玄义》和大量诗偈等，后人辑其语录偈颂为《虚云和尚法汇》《虚云和尚禅七开示录》等行世。他圆寂前，写下《辞世诗》：

少小离尘别故乡，天涯云水路茫茫。
百年岁月垂垂老，几度沧桑得得忘。
但教群迷登彼岸，敢辞微命入炉汤。
众生无尽愿无尽，水月光中又一场！

第三节　真如传灯更有人

虚云老和尚重兴的真如禅寺，在二十世纪六十年代遭遇了厄运，寺内的百余名僧众，有的被强令还俗，有的遭遣送回原籍，有的则下放到农场当农工、林工。仅留下释一诚、释达定等四人也被强令改为农工。真如禅寺则被改为云山垦殖场红山分场办公室。

直到 1980 年，释悟源、法常等十余人联名上书省有关部门，请求落实宗教政策，恢复真如禅寺，得到省委统战部、省宗教局支持，并予以恢复。次年八月，江西省政府下达文件，要求有关部门采取有力措施，为真如禅寺落实宗教政策。1982 年初，确定云居山真如禅寺为全国重点开放寺庙之一，并拨款修葺真如禅寺。由悟源和尚为住持。

在得到省政府政策支持后，真如禅寺的修复重建工程进展加快。海内外四众弟子，尤其是旅居东南亚的虚云老和尚的弟子，纷纷捐资相助。香港圣一禅师、意昭禅师、衍济禅师、新加坡的惟坚禅师及方丽居士等出力尤多。

1982 年秋，肃穆端庄的“虚云和尚舍利塔”建成。九月十六日，

在海会塔前隆重举行了“沩仰第八世祖上虚下云老和尚舍利塔”落成开光法会，海内外四众弟子百余人参加盛典。

到 1984 年，真如禅寺的修复重建工程取得较大成效。天王殿、大雄宝殿、虚怀楼、云海楼、报恩堂、钟鼓楼、藏经楼、斋堂等建筑，修葺一新。重建的禅堂、山门、赵州关、罗汉墙、双飞桥、罗汉桥、伽蓝殿、云水堂等建筑也陆续竣工，耗资达一百多万元，新建和修复面积计七千多平方米。新塑佛像二百二十余尊，配制了万年宝鼎、火典等大型法器。寺院规模和建筑工艺都已恢复和超过了 1957 年的水平。

随后，真如禅寺修复和重建工程又向前迈出了一步。新建了虚云老和尚舍利塔塔院、方丈寮等建筑。同时，对寺内外数十座历代祖师塔加以修葺，并把明月湖和碧溪的数千米堤岸加砌花岗石护堤。到 1989 年，在纪念虚云老和尚圆寂三十周年之际，虚云和尚纪念堂在原云居茅蓬旧址上破土兴建，次年建成。

自1981年以来，寺庙坚持每日早晚上殿，坐香四支。每月初一、十五坚持布萨诵戒，以利禅戒并进。平时抓住时间专修。到了冬天五谷归仓之后，全寺僧众长住禅堂，专心参禅，以七七为期，精修深进。真如禅寺数十年如一日，认真培育僧才。除平日有一定数量的僧人在禅堂坐长香之外，每年都选送符合条件的青年僧人分别至中国佛学院、南京栖霞山佛学院等进修深造。同时，于1982年起，每三年一次开坛为四众弟子数千人传授戒法。

在坚持如法修持的同时，真如禅寺方丈及各职事率领僧众在农林生产方面也取得不小成就。经过落实宗教政策，真如禅寺已得到归还的山林三千余亩，水田一百余亩，旱地数十亩。僧众奉守“一日不作、一日不食”的祖训，坚持出坡劳动，精耕细作，勤奋不息，现在每年可收获稻谷近十万斤和一定数量的瓜果蔬菜。同时，每年僧众营林植树，开荒种菜，摘制加工茶叶，粮食与蔬菜自给有余。真如禅寺在奉守“农禅并重”祖训方面所取得的成绩，深得海内外四众弟子的仰慕与敬重。现在，寺内僧家的“农禅并重”生活有了新的内容，在如法修持、培育僧学人才等方面有了更进一步的发展。“僧伽读经班”持续举办，入禅堂坐长香、禅修长年不断。

虚云老和尚留下的法脉、弟子遍布天下，不少子弟住持云居山。其中最早在云居山真如禅寺上担任住持的是性福大和尚。

性福（1893-1966），法讳宣扬，字圆空，是虚云老和尚法嗣，俗名王心开，四川成都人。他早年在峨眉山万佛顶、重庆华严寺、成都文殊院、新都宝光寺、成都草堂寺及云峰寺、圣水寺、大觉寺等川中名刹参学。

1919年开始，出川游方，足迹遍历江、浙、闽、赣、陕、鄂、京、沪各名山大寺，遍谒诸山名僧大师。1921年，性福和尚开

始寻找名山胜地。当时，他云游到了同安寺，待了一段时间。听闻云居山寺庵林立，山水丰秀，而且盛名很大，确实是求学闻道、静养修持的胜境。

性福和尚徒步登山，来到了真如禅寺。上山后，正好碰上净尘、昌桂二位禅师主持恢复真如禅寺。他一直倾心辅助，不遗余力，颇得两位禅师赞赏爱重。后来，净尘、昌桂两位相继离去，千古名刹每况愈下，寺务由了尘禅师主持。性福和尚仍恋眷历代祖师最胜道场，不忍心离去，就全力支撑，尽心维持。

直到虚云老和尚上山，性福和尚辅助虚云老和尚，共同进行重建恢复古刹的工作。他率领合寺僧众开田垦地，植树造林、烧砖制瓦，伐木运竹，先后重建了天王殿、虚怀楼、云海楼、韦驮殿、大雄宝殿、法堂、藏经楼、钟楼、鼓楼、客堂、禅堂、大寮、方丈等殿宇，塑像树幡，添置法物用具。一应要务，都是由虚云老和尚同性福共同决议，而所有具体事务，即由性福和尚率统各

班首执事及僧众协力完成。由于虚云老和尚的影响，汇聚僧人达到了一百余人。

1956 年夏，性福老和尚推荐四川同乡海灯法师任真如禅寺住持兼佛学苑主讲，性福和尚则自行退居佐助。1958 年初，海灯法师讲完了预定课程《楞严经》《法华经》后，就辞职离山了，性福和尚重新任住持。他曾任省人大代表、省政协常委、中国佛教协会常务理事等职。1958 年底，性福和尚协助虚云老和尚整理重印康熙版《云居山志》。次年，虚云老和尚圆寂西归，由性福和尚主持老和尚的后事。

1966 年，性福和尚寿终圆寂，葬本山。1986 年，他的嗣法弟子释一诚为他建塔。

海灯（1902-1989）法师，俗姓范，名靖鹤，字剑英，号无病，四川省江油人。他家世贫寒，但是接受能力非常强，擅长武术。1923 秋，考入国立四川大学文学院，转入公费成都警监专门学校。在成都读书期间，法师结识了云游入蜀的少林武僧汝峰上人。他在佛学与武学上均得到汝峰上人的指点，逐渐成为一代武僧，懂得少林绝招二指禅。二十世纪八十年代，其武学和佛学事迹被搬上银幕。

海灯法师在峨眉山、成都昭觉寺、绵阳万寿寺、新都宝光寺学佛，1939 年，任梓潼七曲大庙山高封寺的住持。又到浙江普陀山、河南熊耳山、嵩山少林寺、浙江宁波阿育王寺、杭州灵隐寺等大丛林，讲授《楞严经》《法华经》等。

1956 年 8 月，适值云居山真如禅寺虚云老和尚一百一十七岁寿辰，真如禅寺拟开办一期佛学苑，主要是讲授《楞严经》《金刚经》《法华经》等，以期弘扬佛法，育造僧材。当时，海灯法师云游至云居山，亲近虚云老和尚。因此聘请海灯法师留住云居

山担任真如禅寺住持，兼佛学苑经堂主讲。法师认真地制订教学计划，一丝不苟地备课。

此外，为了普遍提高青年僧人的文化修养，海灯法师又以《古文观止》《唐诗三百首》等古籍为教材，讲授中国古典文学。

海灯法师住在云居山上近两年时间，他的修持很严谨，治学特别精勤。虚云老和尚斟酌考察后，授予他为沩仰宗第九代传人。

1958 年初，海灯法师离开云居。先后到江苏、四川、甘肃、浙江等地。次年十月，重上云居山探望好友。1962 年，法师在回四川家乡途中，又一次朝拜云居山，与真如禅寺的道友们重叙别后离情，还在寺中留居多日。1975 年，法师又来到江西，到了他徒弟释济平修行的永修县梅棠乡苦惠寺，并在这里住下了。当地村民常常看见他，拎着木桶，下山提水。直到 1978 年，他离开苦惠寺，返回四川江油重华镇故居。

1989 年 1 月 10 日，海灯法师在四川成都圆寂，荼毗后有一个骨灰罐留给云居山真如禅寺，寺众建金刚塔安放。

悟源（1895-1983），现代临济宗禅师。法名传觉，号悟源，俗姓邱，江西赣县人。早年出家，出外游方，足迹递于江南诸大山名利，拜谒各山高贤。1921 年，登上云居山真如禅寺，与净尘、昌桂、性福等禅师一起，商量振兴真如。不久，他复游江浙，亲近扬州高旻寺来果禅师等大德高僧，恳切求教，获益良多。又住浙江杭州二十多年，名重一时。

新中国成立之初，悟源和尚往广东云门山依虚云老和尚。相从日久，得到赏识。1953 年，跟随虚云老和尚转住云居山，跟随复兴真如禅寺。倾心竭力辅佐虚云老和尚、性福方丈共同振兴云居，出力颇多。1966 年，真如禅寺体制被废除，并入国营云山垦殖场，众多僧伽亦变成垦殖场职工。他与广大僧众一道，不顾古稀高迈之年，参加集体劳动，一丝不苟！在劳作之余，他坚持诵习经典，谨守戒律。同时，为适应时代变化而进行一些改变。

1981 年，国家宗教政策得以全面落实，云居山真如禅寺再获新生，受命担任“文革”后的首任住持，深得合寺僧众及其弟子门人的敬重爱戴。曾荣任江西省政协委员、全国佛教协会代表等职务。虽年过八旬，德高望重，仍锐意任事，与寺中各班首执事朗耀、一诚、达定诸禅师协力重新恢复寺庙，振作道场。因得广大外护的支持，合寺努力，恢复工作进展顺利迅速。1982 年主持开坛授戒，一期传戒比丘、比丘尼达到了五百多人，盛况空前。1983 年，悟源和尚在真如禅寺圆寂。弟子们在赵州关内明月湖畔苹果地为之建塔树碑。悟源和尚去世后，虚云老和尚的另一位弟子朗耀继任方丈。

朗耀（1918-1985），是现代云门宗禅师，湖南安化人。俗名罗金生，字妙道。十八岁，他在长沙庆云峰披剃出家。后来参拜沩山密印寺、衡山祝圣寺、广东乳源县云门山大觉寺，到处游方参学，道行与日俱增。朗耀和尚有句著名偈语：识得其中端的事，如盘走珠处处圆。

在广东云门寺，朗耀和尚亲近虚云老和尚，每天服侍左右。虚老对他寄望厚重。1951 年，受虚云老和尚付法，成为云门正宗第十三代法嗣。1953 年秋，朗耀和尚随虚云老和尚来云居山真如禅寺，辅助虚云老和尚及性福和尚重建云居山古道场。

1957 年，朗耀和尚担任真如禅寺监院，对寺庙管理十分竭力，贡献很多。1959 年秋，虚云老和尚圆寂西归。朗耀和尚在痛悼失却良师之际，另思进修路径，入南岳祝圣寺佛学讲习所就读一年。结业后仍返云居山。“文革”中，与僧友一道，归入国营云山垦殖场，当了一名职工。他辛勤劳作，自食其力，工余仍诵经坐禅，坚持戒律。1979 年，朗耀和尚回寺潜心修养。两年后，真如禅寺得以恢复，由悟源和尚任住持，朗耀和尚则全力辅佐他。1983 年，朗耀和尚继任真如禅寺方丈。他非常重视禅修，严戒学，兢兢业业，以身作则，继承千古丛林的优良传统，坚守农禅并重的百丈家风，使庙内面貌焕然一新，佛法鼎盛。曾任省政协委员、中国佛教协会理事等职务。

1985 年初夏，朗耀方丈因为车祸受伤，他嘱咐弟子不要追究肇事者，也放弃医治，立刻返回真如禅寺方丈室。在抵达真如禅寺不久，他便圆寂了，弟子将他塔葬在本山。1987 年，其门人嗣徒为他建塔树碑。他在云门寺的同参、南岳祝圣寺佛学讲习所的同修佛源和尚，亲自为他撰写塔铭。

第四节 春风一夜长灵芽

虚云老和尚在云居山留下了戒的精神和一领法衣，尤其是培养了一大批演法弟子僧才，为中国佛教传承做出了巨大的贡献。

虽然中国佛教经历了波折，但能够再次复兴，与虚云老和尚留下佛法种子大有关系。在他的弟子中，有海灯、净慧、传印、一诚、佛源、本焕、圣一、绍云等高僧，成为八十年代之后数十年的法门梁栋。其中法嗣一诚和尚与传印和尚都担任过全国佛教协会会长，他们传承禅宗、光大佛门，是云居山走出来的一代宗师。

一诚（1927-2017），俗姓周，名云生，湖南望城人，少年曾学习石工与建筑技术。青年时历经病难，感生死无常。后在乌山寺、洗心庵拜师参禅。1948 年的一天，在乌山寺大殿拜佛时，他看到佛像前蜡烛光闪，蜡泪滴流，情不自禁地脱口诵道：

今来乌山寺，皈依古佛前。
炉内香烟渺，毫光照大千。

在场的人听后很是惊讶，认为年轻的一诚一定能成大器。

1949 年 6 月 8 日，一诚于湖南望城县黄金园乡洗心寺礼明心法师剃度出家，法号一诚，字悟圆。从此他刻苦修行，老实念佛，潜心于《金刚经》等佛典，多有体会收获。有一个“挨骂一

天一夜”的故事，可见一诚和尚的境界。

一诚在做沙弥的时候，庙里剃度师脾气不好，经常遇事便拿一诚出气。有一回，就因为基建的一块石头没有摆正，剃度师开始骂一诚。剃度师这个人定力相当好，骂了两个多小时以后还不休息，搬了一张凳子坐在一诚面前，继续骂下去，从头一天骂到第二天的同一个时间，算算二十四小时不止。一诚想，师父那样不停地骂我，原来都是在考验我。于是他忍住了。从此，一诚学佛没有半途而废，一生有始有终。

1956 年夏，一诚听说虚云老和尚驻锡江西永修县云居山，当即前往亲近。上山后，他每天刻苦修持，认真实践百丈禅师的“一日不作、一日不食”家风。在真如禅寺的修复重建工程中，一诚和尚负责图纸的规划设计与施工指挥，甚得虚云和性福的赏识。

次年，由虚云老和尚亲自主持仪式，安排时任真如禅寺方丈的性福和尚为其师，赐法号叫作衍心，把一诚和尚列为沩仰宗第十代传人。

1956 年至 1959 年，一诚和尚在虚云老和尚主办、海灯法师执教的佛学研究苑学习，因而道业日隆。“文革”中，一诚和尚被赶出寺门，调入云居山垦殖场做农工。尽管如此，他仍是不改初衷，恪奉操守，独自暗中坚持茹素诵经。

1978 年底，一诚和尚与体光和尚等道友率先回到云居山袛树堂禅寺旧址，砍茅草破竹子，搭盖茅蓬，恢复出家人生活，并坚持佛事活动。

次年春，一诚和尚和众道友归驻真如禅寺。不久，一诚和尚被推举为寺务管理委员会委员、知客。一诚和尚主张先行修复虚云舍利塔，以扩大影响，并赴京请示，得到中国佛教协会赵朴初会长肯定。

1985年9月，一诚和尚升座荣膺真如禅寺方丈。他以重兴祖庭、弘法传灯为已任。在主持寺务管理中，既注重历代祖师遗训，又紧密结合现实的情况，做到既奉佛法，亦守世间法，对于寺务管理重点抓了僧众的定身心，杜放逸，严戒律。

一诚和尚制定了《真如禅寺常住规约》《客堂规约》等一系列规章制度，恢复与光大了虚云和尚时期所形成的道风，每日的早晚功课上殿，每月望朔（布诵戒）重视僧众的坐禅习定。他增加了坐长香的时间，在原先日坐四支香的基础上，延长至日坐十四支香，以期僧众们深入修持。每年举行夏讲学，冬禅七，不仅寺僧全部参加，而且有北京、上海、广州、香港、台湾等地区以及新加波、马来西亚等海内外弟子专程前来参学。

因此，真如禅寺呈现道风正、规矩严、农禅好、各项事业兴旺发达的局面。自1985年起，一诚老和尚亲自设计与主持完成了虚云纪念堂、西禅堂、方丈寮，以及性福、海灯、朗耀诸和尚塔墓，还对颛愚、戒显等历代祖师塔墓进行了修复。寺内诸殿堂楼阁修复一新，数百尊佛像得以重塑，且镶金饰彩，无比庄严。

一诚和尚重视青年僧人的修学，带领他们深入《金刚经》等经典的学习；教导他们把握住应无所住，而生其心。对于人员管理，他更加接地气，做到开创性地培养、全方位地锤炼使用。

一诚和尚传讲开示时，要求禅人学禅应当首先学会做人，懂得禅法既在平日行为劳作之中。学禅不能一味追求形式，挖土挑水耕田也是修行。一诚和尚根据他们不同性格，或安排坐长香，或坐香与出坡并举。且将符合条件者送至北京、灵岩山佛学院培养，大胆启用青年僧人充任职事，委以重任。

为绍隆佛种，续燃传灯，一诚老和尚分别于1985年、1988年、1991年三次主持传授三坛大戒，受戒衲子上千人。

1989年秋，应宣化之邀，作为中国佛教赴美法团成员，一诚老和尚抵美国万佛圣城参加传戒大典，担任尊证和尚。1992年，又亲自为青年僧人妙华等人传授正法眼藏，使沩仰宗第十一代传人又添新容。2002年9月，一诚老和尚在中国佛教协会第七届代表大会上，当选中国佛教协会会长，后当选全国政协第九届委员会常务委员，江西省政协副主席。因法务繁忙，2005年退任云居山真如禅寺方丈。

一诚老和尚不仅倾心主持真如禅寺，而且为江西乃至全国佛教的振兴做出了杰出贡献。1986年，先后担任了永修县佛教协会会长与江西省佛教协会会长。1987年，又兼任了九江市佛协副会长。1999年9月，担任靖安马祖道场宝峰禅寺方丈。2003年9月，出任北京法源寺方丈。2006年12月，重建湖南望城洗心禅寺。

为解决萍乡、抚州、上饶、南昌等地寺庙的恢复，一诚老和尚晚年多方奔走，相继受聘兼任江西宜丰县洞山普利寺、广丰县博山能禅寺、铅山县崆峒山慈济寺等名誉方丈，为曹洞宗祖庭的修复重建重兴禅宗，做出了卓著贡献。

一诚老和尚对佛教文化事业的建设也十分重视，亲自领导编辑，历三年艰辛完成《云居山新志》的编纂。他留有不少诗作于世，其中一首《接待美国客人茶会上作》：

客来请饮赵州茶，淡薄休嫌衲子家。
美中友好常来往，法轮同转耀光华。

另一首《云居山咏怀》写道：

驻锡胜地三十年，日照晴空了自然。
毗耶钵献当前供，明月湖中水涵天。
赵州关造深幽境，佛印桥架碧溪边。
真如性海常清静，百丈风光永流传。

2006 年 4 月 17 日，一诚老和尚参加完第一届世界佛教论坛大会后，与十一世班禅·额尔德尼·确吉杰布到云居山会晤，并共植一棵银杏，命名为“汉藏连心树”。喻示着汉传佛教与藏传佛教的友好交流。那天，天呈祥瑞，莲花城上空湛蓝无云，出现五彩日晕，似佛光普照，令人惊叹不已。

一诚老和尚在江西云居山常驻半个世纪，后居北京广济寺十余年，一直倡导“学修并重，农禅并举”的修行理念，坚持爱国爱教、利乐有情的精神，倾力于佛教教育事业和各项社会慈善事业，备受佛教四众，社会各界的钦敬与尊重。2010 年 2 月，一诚老和尚卸任中国佛教协会会长，担任名誉会长。

2017 年 12 月 21 日（农历十一月初四），一诚长老在云居山真如禅寺安详圆寂，享寿九十一岁，僧腊六十八载，荼毘，得舍利无数。

传印老和尚是从云居山走出的另一位中国佛教协会会长，也是虚云老和尚在云居山的弟子。俗名吕毓岱，1927 年 1 月生于辽宁庄河市。因父母信仰佛教，耳濡目染而自幼亲近佛法。1947 年皈依庄河青堆子镇普化寺崇仁禅师研习，1955 年到了云居山真如禅寺。当年冬天，传印依虚云老和尚受具足戒，赐法名宣传，为沩仰宗第九世。

传印和尚先后两次在中国佛学院学习，复归云居山真如禅寺，任典座兼副寺（出纳）。1966 年，被遣至云山垦殖场城山分场种菜。1975 年正月，于永修县梅棠公社杨岭山崇胜寺遗址结茅，带着道开禅师共住。1978 年秋，应邀前往参拜浙江天台山国清寺。

1979 年 12 月，传印和尚奉调至北京中国佛教协会。1981 年赴日本净圭宗佛教大学晋修。回国后，先后担任中国佛学院教务长、中国佛学院副院长，戒律学、印度学研究生导师。1991 年 8 月，诣天台山下方广寺专修念佛经三年。1994 年 8 月，应一诚老和尚之邀，请任净土宗祖庭——江西庐山东林寺住持。1999 年 2 月，任北京市佛教协会会长，之后当选北京市政协常委。

传印老和尚苦心修道，戒律严谨，学识渊博，为人和蔼，处事低调，在佛教界威望极高，深得社会各界尊重。2010 年 2 月 2 日，在中国佛教协会第八次代表大会上当选为中国佛教协会会长。2015 年 4 月至今，因年事已高，不再担任会长职务，为中国佛教协会名誉会长。

第十一章　云居山下古禅刹

在永修境内，还有瑶田寺、同安寺与云门寺三大古刹，均与云居山真如禅寺渊源深厚。瑶田寺位于云居山南麓，是真如禅寺祖师道容所开辟，居此三年后，再入山创建云居禅院。同安寺位于云居山下的凤栖山，是道膺首席弟子道丕所开创。黄龙派祖师慧南曾在此开悟并传法。同安寺历经千年，高僧辈出。云门寺是由云居山住持宗杲禅师在云门宗祖师匡真文偃的隐居地创建的，位于云居山背，今江上乡泉祠坳半山。宗杲在此创作了《禅林宝训》等著作。云门寺屡废屡兴，也是一家具有重要地位的古老丛林。

第一节　先有瑶田后真如

瑶田寺初名保定寺。唐元和元年（806），真如禅寺开山祖师道容禅师及弟子全庆、全诲等在此结茅修行，开辟了保定寺。位于今云居山脚下燕山分场的罗燕公路北侧，观美村西偏北两公里处，背靠云居山。数年后，道容上云居山开创真如禅寺，所以有“先有瑶田，后有真如”的说法。

瑶田寺为十方丛林，有不少高僧过化。瑶田，蕴含了瑶池山田的美好意境。宋朝李彭把瑶田寺喻为祇树园，孤村烟横，是个修行的胜地。他在《自云居归欲到瑶田作》中写道：

稍上参云汉，中藏祇树园。
烟横迷远屿，鸟度失孤村。
一岭分晴雨，半山才晏温。
回头听梵呗，真是欲忘言。

还有一位高官王洋（1087-1154），是克勤的好友，担任了多年的知州、知府。宋建炎年间，他来到云居和瑶田，作《下云居至瑶田戏赠圆老》：

山在云中人在山，人居山与白云闲。
也须认得瑶田路，方见青云一望间。

可见，那时瑶田寺深受瞩目，而且是前往真如禅寺的北面通

道。由瑶田侧上行，经葛公亭，入云居山。

明朝中期，瑶田寺得到了秀极（1459-1536）等禅师的重建。秀极，俗姓刘，字圆峰，明代临济宗高僧，建昌县人。他少年在云居山瑶田寺出家，得到了龄庵福永禅师的赏识，让自己的首徒奎章收录他，领取了官府的戒牒予以剃度。龄庵福永几十年来一直想兴复瑶田寺，都未能如愿，最后只能把这种宏愿寄托在秀极的身上。

明正德三年（1508），秀极担任了瑶田寺住持。他不辞其难，发起了建庙活动，争取各方捐资修葺，终使瑶田寺焕然一新。他主持瑶田寺近三十年，善行不胜枚举。秀极严遵清规戒律，鸡鸣即起，夜半才睡，升殿礼佛，焚香诵经，讲法非常动人，几十年暑去寒来，从不倦怠。他深明大义，从不趋炎附势。秀极对于僧人和百姓都能扶助拯恤困苦，曾有十多位书生在寺庙借宿读书，他供应食物，短的几个月，长的甚至四五年时间，秀极都赤心相待。他的为人处世，得到上下一致的热爱和尊敬。

在洪断禅师恢复真如禅寺之前，秀极是被公认为除贵中禅师、龄庵福永之外，明朝时期建昌县最有成就、最受尊敬的禅师。秀极禅师圆寂后，安葬在瑶田寺南两里，建有僧塔。塔坐北朝南，系花岗石结构。塔后青石碑，写着“大明秀极圆峰禅师之塔”。

明末清初，仰天窝道场的住持庆传（1625-1711）也为瑶田寺做出了贡献。庆传禅师是建昌县刘氏子，十五岁就在云居山仰天窝剃度出家。游历全国二十四家名刹大寺，回来后管理仰天窝、瑶田寺等事务。庆传年老时，把仰天窝交给师弟见如禅师，自己迁到瑶田寺住静，还开辟了一个小庙叫东瑶田寺。庆传领众重整屋宇，广招徒众，购置田产，盛极一时。当时寺内田产多达六十余亩。民国之后，瑶田寺中仍有多人常住供奉香火。

新中国成立初期，寺中还保留有田地十多亩。二十世纪五十年代，瑶田寺改为尼庵。二十世纪六七十年代，寺院遭劫难，田地被瓜分，僧众遭遣散。

1980年，宗教政策得到落实，比丘尼释法常率尼众数人来此重建。同年，归还寺院田地十亩，其中水田七亩，旱地三亩，在当家师释法常的主持下，寺内常住尼众达十余人。经过几年的辛勤劳作，苦心经营，多方集资，广结善缘，集腋成裘，聚沙成塔。修复重建占地面积达七百五十多平方米，建有砖木结构房十二栋、偏房侧屋十余间。同时新塑了饰金铺彩、端庄肃穆的西方三圣、韦驮、弥勒等佛像，还修建了山门和长达三百多米的砖石结构围墙，使寺庙初具规模。

近数十年来，瑶田寺进行了重修扩建工程，先后修建天王殿、大雄宝殿、法堂、斋堂及东、西寮房共计一万多平方米，添置玉佛十九尊，迎请龙藏五部，还修建虚云老和尚舍利塔及海会塔。常住们坚持每天早晚上殿诵经念佛，早中供斋过堂，冬天结七坐香，佛事活动如法如律，在尼众寺庵中堪称表率，被列入省级重点开放寺庙。

2004年，瑶田寺举办了首届全国汉传佛教传授三坛大戒法会，一诚老和尚任得戒大和尚。其后，每三年都要举办一次全国汉传佛教传授三坛大戒法会，各地受戒弟子已达数千人。

瑶田寺常住僧尼现有三十余人，秉承祖制“一日不作、一日不食”之农禅并重家风，称为殿宇辉煌、法相庄严、道风严谨的修行、弘法道场。

另外，瑶田寺还代管了一家圆通庵，古称圆通禅院。其坐落于云居山南麓，距离瑶田寺西北侧的一华里处，是云居山上圆通寺僧人在清初初创，传承至今。这里翠峰秀美，古树参天，碧溪

潺潺，梵宇庄严，山清水秀，风光旖旎。

二十世纪五十年代末，比丘尼释法常偕同另几位年轻尼众来到这里，结茅修行。她们荷锄开荒，上山砍柴，日夜劳作，终于在周围开垦出水田和旱地二十多亩。经过几年的艰苦努力，于1959年在旧庙基遗址上建成了一座砖木结构的寺宇和一栋厨房，其中间为殿堂，两边为寮房。后来寺庙被占用，尼众被遣散，并在寺前盖了一幢战备大仓库。1985年仓库被搬拆迁走，在香港圣一禅师的资助下，瑶田寺当家师释法常将寺庙买回，并安排几名年老的尼众居住。1990年，鉴于原寺宇年久失修，加之白蚁成灾，释法常等人又在圣一和尚的再次资助和各方慈悲善金以及真如禅寺一诚方丈、达定首座和尚的具体指导下，僧尼们勤耕苦作、缩食节衣，经过两年时间的努力，将老庙拆除，重新修建了圆通庵，修建面积达七百五十余平方米，重塑西方三圣、韦驮、

弥勒等圣像。最后还新建了各占地二百多平方米的钟楼和鼓楼，在大雄宝殿前面放置了一对石狮子和万年宝鼎。

如今，圆通庵归属瑶田寺统一管理，殿宇紧凑，佛像庄严，已成为云居山脚下修建较为完整、规模较大的尼众寺庵。

第二节　千年风雨同安寺

同安禅寺地处虬津镇规湖村端阳嘴南面、艾城镇境内凤栖山东麓，历经一千一百多年，数度毁兴，鼎盛时僧众逾五百人，为江南名刹之一。

寺庙初名“同安禅院”，始建于唐中和年间（881-884），由同安道丕禅师开基始建。道丕禅师是云居道膺首徒，上承曹洞宗二世、南宗伟人云居道膺，身处南禅鼎盛时期，道行高，影响大，也称为同安丕、同安和尚。道丕久居云居山从学，在唐乾宁

年间（894-897）得到了道膺的心印密契，成为曹洞宗三祖。又奉道膺禅师命，在建昌县凤栖山同安院开法，道席兴旺。

据记录，道丕文才惊人，善于言辩，以擅长开示说法而闻名，开了一代风气。《五灯会元》等书记载他的语录，多数都是一些整齐对偶的诗句，使用对比和比喻说理。其中有不少美句，比如：

孤峰迥秀，不挂烟萝。

片月行空，白云自在。

露地藏白牛，长空吞日月。

这些颇有孤独旷达意境的禅语，契合心灵，很受欢迎。当时曾有禅师来道丕门下参学，他用衣袖盖住头。待到僧人礼拜他的时候，道丕放下衣袖，提起经书来反问。他就是以这样禅意的方式，提点后学。道丕圆寂后，塔葬在凤栖山寺前一里许。今已无存。

其后，九峰道虔禅师的徒弟常察禅师前来同安禅院，担任住持。常察（？-961），俗姓彭，福州长溪人，世称同安院察禅师。其事迹入《景德传灯录》《祖堂集》等书。常察有《十玄谈》十首诗，有着浓厚的佛家意味。其中一首《十玄谈·尘异》：

浊者自浊清者清，菩提烦恼等空平。

谁言卞璧无人鉴，我道骊珠到处晶。

万法泯时全体现，三乘分处假安名。

丈夫自有冲天志，不向如来行处行。

常察禅师之后，由释观志住持。释观志又称洪州同安志禅师、同安志，上接道丕，是曹洞宗四世祖。禅宗典籍中，对他也有部分记录，多是一些复杂难解的偈语，不过意境还能被现代人所探测，诗云：

多子塔前宗子秀，五老峰前事若何？

夜明帘外排班立，万里歌谣道太平。

宋朝时期，威禅师、绍显、慧敏、惠洪、庆通等高僧陆续住持同安禅院。其中威禅师留有语录：

人问："祖意教意，是同是别？"

师曰："玉兔不曾知晓意，金乌争肯夜头明。"

师一日游山，大众随后。

师曰："阶前翠竹，砌下黄花。古人道真如般若，同安即不然。"

同安禅院也是黄龙派始祖慧南形成黄龙思想并弘传教义的重要场所。慧南（1002-1069）禅师，玉山章氏子，是临济宗黄龙派初祖，李彭称之为老南，因为后来在分宁县黄龙山阐教得名为黄龙慧南。禅师少年时候博古通今，出家后参拜栖贤澄諟、泐潭怀澄、石霜楚圆等大德，在同安禅院的枯树中领悟了佛法，并在此讲法，同安禅院再次声名大振。后来慧南前往崇胜禅院、归宗寺、黄檗积翠庵、黄龙山崇恩院传道，法席鼎盛，甚至直追马祖、百丈怀海传教的盛况，弟子遍及湖南、湖北、江西、闽粤等地。

《禅林僧宝传》卷二十二记述了慧南的故事，作者惠洪（1071-1128）是慧南的徒孙。惠洪记录慧南在凤岭（凤栖山）同安禅院接受神立禅师邀请，担任了同安禅院住持的往事，其中说道：

慧南禅师从云居山下来，在同安挂单。同安禅院的神立老和尚接待他，他发现慧南已经参游多方，有点倦意。就对慧南说：我住在这个同安禅院很久了，老僧对于禅院及佛祖事业补益不多，冒昧把同安禅院的大事劳累您了。您才可以将他盛名发扬光大。当时南康军的官员都知道慧南的大名，于是就批准了神立的推荐。慧南不得已接受了同安禅院的邀请。

到了元朝时期，同安禅院还拥有较大规模和影响。根据云居山《率庵梵琮禅师语录》记录，云居山住持率庵梵琮对同安禅院的粲长老写有赞颂诗《同安粲长老请》：

头如木杓，眼似铜铃。

少得人爱，多得人憎……

千峰顶上忞腾腾，万里乾坤一衲僧。

元末战火蜂起，同安禅院遭到破坏，化为灰烬。明洪武（1368-1398）中，僧道璨（戒杲）募化重建，规模不大。此后多称庙名为同安寺。至明崇祯年间，时任同安寺住持的释云昙曾打算再次重建，但有心无力，因而邀请颛愚禅师的高徒正印禅师前来住持。正印禅师四方奔走，至康熙三年，得到江西总督张朝璘、布政使余应魁、南康知府廖文英支持，用了四年多时间，再次重建了同安寺。重建后的大殿和配属建筑规模宏大，华栋辉煌，常住僧众达到500人。并用石碑镌刻了重建的事迹，立于庙门。由布政使余应魁作记，知府廖文英撰引，熊德阳题诗。

正印复兴同安时，系统地整顿了同安寺的禅风，严格了禅制。他严肃地指出："人天号令，祖师绳规""一拨灵机天地陨，千差别处绝纤尘。"

正印禅师亲自订下了《同安规约》和《清化规约》，又自编了《参禅歌》，让同安寺上下传唱：参禅好，参禅好……倒骑铁马出同安，秋水秋山何时老？

正印禅师一片婆心，鼓舞激励僧人的修行。在《示达性沙弥》诗歌中，他寄予厚望道：

沙弥初入凤栖峰，一见超然意气浓。

若是吾家真种草，他年担荷祖师宗。

对于参修的各位居士们，正印禅师分别予以劝勉，他待人温和、循循善诱。在《嘱鼎生蔡居士》中，他写道：

血心片片惟知己，祖道殷勤过量人。

顿把修江为玉带，凤栖千古镇常春。

在正印禅师的书中，还留下了《扫同安佛头峰第二代常察禅师塔》《扫同安政公禅师塔》等大量诗歌，诗中怀想常察禅师“千峰连岳秀万嶂，不知春孤崖倚石。坐不下，白云心”的教诲。

每年五月六日午时，是正印禅师的本师颛愚禅师忌辰，他都要举办活动。先后留下了象王峰墓地圆塔顶、十年忌日祭拜、扫塔、二十年拜塔等诗文，其中有“云居有路隔山竹”“年年此日，岁岁今朝，继往开来，惟瞻惟仰”“云生山色，月转溪声”等佳句。

正印禅师奔走四方，印制和散发《化油疏》《化茶疏》《募锅偈》募集寺庙物资。同时，修复了道丕禅师初祖塔，留下了《募修丕禅师并高僧普同三塔疏》等文章。

在漫长的岁月里，正印禅师一直守护着同安寺。而云居山上，已经从颛愚禅师时代，历经音住禅师、戒显禅师、元鹏禅师等多位住持。他曾与戒显禅师唱和诗歌，其中《次晦山和尚过访韵》诗云：

声名久已出尘蒙，觌面雄谈动象龙。
果是天童传少室，不虚欧阜起双峰。
三生共饮曹溪水，一席同闻凤岭钟。
宝镜池边才揖别，洞门依旧白云封。

康熙年间，正印禅师把住持的位置传给三印禅师，三印禅师传法给文庵（1667-1738）禅师，雍正初年（1723）文庵禅师入主同安，一坐十二年，直到圆寂。弟子们在寺后西北侧为之建塔，塔今存。

清朝中期，同安倾塌。道光五年，高僧如渭禅师募化重修。嘉庆二十年（1815），如渭禅师圆寂后葬在同安，他的僧塔与文庵禅师塔相伴。

还有三位与同安寺有渊源的高僧，分别叫作希霆、净旭与性福。

希霆（1712-1763），字沐云，号半间，俗姓陈，建昌本地人。童年开始就在云居山祇树堂出家。苦研经典，勤谨修持，坐禅数十年，香积自给，他还面壁山中，边学边讲，是那时出类拔萃的僧才。乾隆二十二年（1757），跟随怀翁老和尚移住凤栖山同安寺，讲席非常兴盛，他们还和护法们结缘。1763 年，希霆不幸患上痢疾而去世。运回云居山祇树堂祖茔安葬。

净旭（1720-1792），字法灯，号空山，是同安寺住持如渭禅师的法嗣。早年就在真如禅寺出家，成年后到同安寺，跟随如渭禅师多年，并受命到处参学游方，虚心求道，修持勤谨，戒律精严。中年后返回云居山，在山上创建了栖传寺，开辟道场讲法，是云居山栖传寺开基祖。

虚云弟子性福和尚在登上云居山之前，亦曾住持同安寺。1939 年正月初四日夜，同安寺遭侵华日军炮火轰炸，士兵百姓多被炸死，寺院仅剩瓦砾。抗日战争胜利后，同安寺修复了部分建筑和文物。后来又被平毁。

1982 年，慧参和尚发愿重修古寺。在最艰难的岁月里，慧参和尚支起帐篷，风餐露宿。通过努力，争取到各方面归还二百五十四亩山林、三点八亩旱地。慧参和尚奉行“农禅并重”道风，经济上自给有余。从一片瓦砾起步，经过二十年累建，先后修建了静修堂、宝塔、大雄宝殿、法堂、天王殿、山门、海会塔、厨房、斋堂、功德堂、伽蓝殿、寮房、客堂等，面积两万余平方米，规模宏伟。并改寺名为同安禅寺。

2002 年 9 月，慧参和尚圆寂于同安禅寺，其弟子继任，进一步完善了寺院建设，修复了祖师塔，修建了钟鼓楼、储水池、慧参和尚舍利塔、纪念堂，铺设大理石地面，还修通了入寺公路。

第三节　云门秀色连云居

云门寺坐落在江上乡江上村西南侧约十公里大屋村泉祠坳山腰，距真如禅寺约二十五公里。位于竹隐溪旁，小路深处，高妙幽深，两部著名的禅宗典籍《颂古篇》《禅林宝训》就产生于这里。

据记载，云门宗祖师匡真文偃（864-949），于唐乾宁年间（894-897）在此隐居。其法嗣先后住持真如禅寺。约唐晚期，大湖坪僧庙巢云寺（中乡院）中的住持巢云，前往小湖坪草建了云门茅棚，清修住静。

南宋初，云门寺在宗杲手中完成重建。宗杲和李彭的老友王铚是朝廷高官，他在过访该寺庙时，撰写了《云门寺》以赞颂宗杲：

青山春又到，白发策乌藤。

已是他乡客，还同寄住僧。

瘦松黏冻雪，流水带寒冰。

更觉苍崖路，云深不可登。

建炎四年（1130）冬，伪齐李成的部将马进率兵侵扰建昌，与岳飞大战。当时宗杲、竹庵士珪（1083-1146）、真牧正贤，还有宗杲的法嗣万庵道颜（1094-1164）和分宁县令韩驹等人，先后来到云门寺避难。

绍兴元年（1131）春，宗杲开辟了古云门寺的旧址，创立了云门庵。到了后来，因为皇帝给宗杲住持的庙宇赐名叫“妙喜”，所以这里也被人们俗称为“妙喜庵”。宗杲“于云居山后古云门旧址，创庵以居，学者云集”，他们一起讲学传法、著述。

克勤对徒儿宗杲重建云门寺欣喜有加，作了七律诗《示若乎禅人住云门庵》，用“云门庵创压欧阜，天上高天更有天”来鼓励他们。

绍兴三年（1133）四月，竹庵士珪（龙翔士珪）来云门寺，与宗杲在寺中坐夏，整天讲谈论道，辩论激烈。宗杲禅师就说：“不要再辩论了，咱们还是汇编几本新的教本吧。”说干就干，两位高僧马上合作，汇集以前高僧们的禅宗公案、语录一百一十则，全部进行分析，分别赋诗点评，形成正解，汇编为《颂古编》

一书。其后，他们又在山中合作编撰《禅林宝训》，记录禅林先贤行为，用作后辈的师法。这两部书名气很大。

此后，宗杲离开云门寺，下山而去。在福建建立了另一个云门庵。他圆寂之后，宋孝宗皇宗亲制赞文，赐谥号“普觉”“大慧”。他的嗣法弟子有九十多人。人们赞叹他说：“俊逸不羁，学识渊博，宗教兼通，且长于诗文，善于作偈，尤以雄辩负重名”。

此后，云门古寺延续数百年。明末，颛愚禅师一度来此朝礼，祭扫历代名僧。明末的太仆少卿熊德阳曾在此搭茅棚隐居，拒绝清朝统治者的召唤，徜徉于云门山水而不出，自号云门道人。他撰写的《游云居云门庵》是一篇千古佳作，其气势雄浑，用语跳脱，禅光闪现，情景交融：

门让云霞相逼迫，乘风直下九溪陌。

回头一望白云门，始诧昨宵天上客。

熊德阳住静云门寺期间，经常有僧俗友人来访。他的至交起高禅师也在此与他相伴。起高是建昌县城周氏子。顺治前期，在云门寺隐修三载。熊德阳、熊维典的几位老友文德翼、魏光国、黄云师等人，更是这里的常客，他们游览云门，留下诗文。

熊德阳去世后，寺庙被百姓占居。古老的云门面临一个继承与发展的问题，这时候，戒显禅师的法徒元浃挺身而出，再次兴复了古刹。

元浃（1622-1675），明末清初临济宗禅师，号映明，戒显禅师法嗣。俗姓杜，建昌人。出身书香世家，其父杜旭揆，以文学名显士林，内外族亦皆儒学文士，而映明却不喜欢俗业，好静不动。年仅十八岁，父母去世，于是，到了本县的南山法华寺，参拜了知心禅师，剃发出家了。三年后，他再上云居山，得到了真如禅寺住持颛愚禅师授予法嗣。后到宝峰寺的音可等禅师处参学。他的剃度师法华知心禅师圆寂后，元浃立刻返回南山，就在庙旁搭建茅棚为师父守制。前后七年时间，他每天辛勤劳作，自给自足，有空就静坐翻阅《五灯会元》，细味唐宋各代祖师语录意旨。清顺治十年（1653），拜谒云居山的戒显禅师。次年冬，得到戒显禅师的传法。戒显指令他恢复云门古寺。

当时云门古寺地基，久已沦为私产。元浃禅师卖掉了建昌县南山法华寺的寺产，加上到处借贷，才把云门寺的土地给赎买回来。

清顺治十四年（1657），元浃禅师率门人弟子在寺基旁搭建

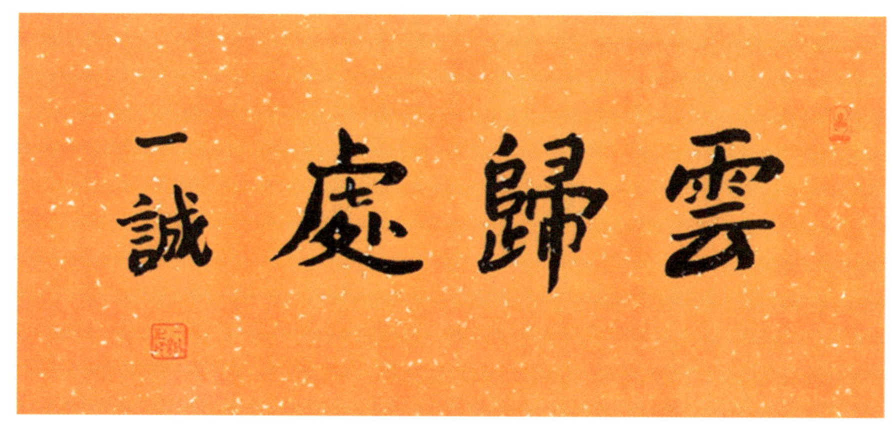

茅棚，开田垦土，种芋植茶，含辛茹苦，四方募化。不到几年时间，就重建了大雄宝殿，逐渐又修建了两庑、山门。最后建成了一百六十八间寮屋，金碧辉煌，庄严壮丽，焕然一新。他还着手镌刻了宗杲禅师所著的《禅林宝训》，购置全部《大藏经》，并禀告戒显禅师，准备开法传灯，深得戒显禅师的嘉许和支持。

戒显禅师撰写文章《重建古云门寺记》，回顾云门古寺从唐朝以来的光辉历程，高度评价徒儿重兴的艰难，赞誉说：

后居妙喜，前隐匡真。
虽同欧阜，另一乾坤。
苦身匡复，惟我映明，
雄殿伟煌，一手高擎。
云居雷震，斯刹齐名。
书垂琬琰，万古其馨。

戒显又吟咏五律《访云门祖刹》，歌颂寺庙：

杰峙欧峰后，青苍万壑奔。
名高昔妙喜，声振古云门。

戒显禅师的徒弟、元浃的同门元鹏也为重建云门寺撰诗：

风高天下古云门，昙晦重寻法道喧。
妙密炉锤师匠拥，荒寒社火俊英援。
花攒殿阁悬星斗，榛劈田畴绕梵垣。
已备丛林宜有致，更掀祖令象龙蕃。

康熙十三年（1674），元浃禅师顺寂西归，塔葬古云门寺西南侧寺外一百五十米处山麓中。其塔曾遭毁坏。1984 年复修，重新立碑，上刻建昌县令李道泰所撰《映明禅师塔碑铭》，楷书字体，端正有力。

据熊维典 1674 年撰写的《云居山志序》说："予尝观于云

居之阴，是为云门。云居之阳，是为凤栖。此两山皆祖庭离立，龙象蔚起。其于云居也，鼎足而峙，实萼跗相衔”，把真如禅寺、同安寺、云门寺这三大宗庙并称，认为他们鼎足而立、缺一不可。

到乾隆末年，云门寺遭毁又沦为民居。道光年间，再一次修复重建。其时规模较大，有牌楼、山门、大雄宝殿等建筑。民国时期，云门寺得到叶居士支持，新修了禅堂。

抗日战争期，寺庙被日军毁灭，仅余大雄宝殿之门框及“云门禅寺”门额。后来，有僧尼数人在这里结茅奉守香火。新中国成立初期，住尼数人，留有山林数百亩，田地十余亩。上世纪中期，僧人被遣散，寺院被捣毁。

1980年，释觉顺自江苏扬州徙此，发心重建。经落实宗教政策，寺庙收回山林近百亩，田地数亩。常住们艰辛劳作，复建大雄宝殿，禅堂、大寮、斋房、僧舍四栋，总计建筑面积达三百多平方米。如今，云门寺虽然不及往日兴盛，但是香火未断，依然缭绕不尽。

第十二章　云居莲花处处开

清朝初年，云居山最盛时期曾有下院四十八处，多分布在真如禅寺周边。此外，还有马祖创建的大果寺，渊源久远的苦慧寺、布水寺等。这些寺庙大多与真如禅寺有着不同程度的关系，它们犹如莲花朵朵，开放在云居山周围。

第一节　大果寺

大果寺是一座享有盛名的千年古寺。是由唐朝的马祖道一在大历初年所开辟，距今约1250年，是著名的马祖四十八道场之一。因庙有梨树，结棠梨大如斗，所以称之为大果寺。

大果寺历经沧桑，几度兴衰。原来在县城艾城东一里，宋朝末年将该寺迁往西门鹤鸣山。到明朝洪武（　1368-1398）年间，因红头军作乱，古寺遭受厄运，片瓦无存。明末，艾城街有识之士和善男信女发心募捐，在北门城墙内，相邻刘真人井，重建大果寺，修“三元殿”。寺后山峦起伏，俗称九龙聚岭结寺之地，气势灵奇，环境清幽。当时官员王应斗（1594-1672）是熊维典莫

逆之交，他曾来此题诗《大果寺》：

十里晴波瑛玉沙，精蓝深处俯城斜。
江边绿树皆成果，洲上青莲已作花。
度水钟声寒带月，入帘峰影澹流霞。
游尘到此应无著，只愧飘踪又忆家。

二十世纪初，昌桂禅师一度主持大果寺。高鹤年居士访云居山时，记录了大果寺当时的情况。

1997 年永修县政府将大果寺列为文物保护单位。同年，虚云老和尚的戒子释法华从观音寺移锡住持，发愿恢复重建马祖道场，先后建成大殿、斋堂、功德堂、观音亭、舍利塔等建筑。2011 年，法华老和尚功德圆满示寂。其后僧众募资重建殿堂，现在庙宇辉煌，道场庄严，香火绵延。

第二节　苦慧寺

苦慧寺也叫苦惠寺、下布水寺、崇胜寺，位于梅棠旸岭山偏僻的山林中，距梅棠高速公路口三公里处。山幽寺古，蕴育出历史与文化的渊源，传说唐朝怀海与弟子松云曾在此地结茅静修，称惠济院。到了宋朝，得到释天心重建，称为苦惠院，香火传承数百年。到清朝时，圆照禅师带领徒众再次重修，殿宇庄严，佛事颇盛，僧众达五百之多。因此，圆照禅师被作为苦慧寺中兴祖师纪念，其墓在寺前百米山坡上，有青石碑。

中国佛教协会名誉会长传印和尚曾在此驻锡参禅悟道。1975年，以一指禅闻名的海灯（1902-1989）法师重回江西。他来到了苦慧寺，依靠徒弟济平和尚，平安度过了一段艰苦时期，直到

八十年代返回四川故乡。他们师徒走后，寺庙被林场所占用，庙宇逐步被毁，只剩下一幢一百三十多平方米的破旧殿堂。

2000 年，已经担任香港虚云老和尚纪念堂住持的济平和尚被请回山，再次担任住持。他率众弟子发心，重建寮房二十余间，木雕佛像三尊。2009 年释德诚来山主持道场。同年举行晋院及大殿奠基庆典，斯时近千信众云集，为名山得主，宗风丕振而礼拜祈福。次年六月大殿主体工程完工，随即举行大殿上梁法会，省内部分寺庙住持数十人、及地方名流随喜祝贺，盛况空前。如今殿宇高耸，巍峨壮丽，古寺得到重光。

第三节　布水寺

布水寺，又叫“上布水寺”。寺前有一个油盐洞，洞口有瀑布，因而得名。它坐落于永修与德安两县交界处，永修县梅棠镇大塘村北十公里，沿泡桐水库至裴家山（披袈山）高三百一十八米的布水岩山上，古为南昌、永修通往德安至九江的“官道”旁。古道废弃后，布水寺逐渐成为深山老林中的寂静地。

据记载，该庙为唐代百丈怀海禅师开辟。790 年，高僧怀海禅师率僧徒数人来到九岭山支脉披袈山，创建寺院，弘扬佛法，周边数百里之外的信众都前来朝圣拜佛，人来人往，络绎不绝，香火不断。摄授四众弟子、常住僧人多达三百人。宋庆元年间，衍初禅师曾在此讲法。

明景泰年间，释燕开重建布水寺，为砖木结构。相传清乾隆皇帝涉足披袈山，在布水寺栽植两棵“炮竹树”，至今尚有一株高耸云霄，树径粗达三人之围。布水寺周围名胜古迹颇多，有“阴

阳镜”“油盐洞”“猫耳洞”“天井”“犀牛望月”等八大景观。

抗日时期，布水寺成为附近许多百姓躲避日军的避难所。1939 年 1 月 1 日，日军制造了“布水寺惨案”，疯狂焚毁布水寺，屠杀民众四百人，尸骨成山，寺庙古迹荡然无存。加上交通不便，偏僻少人，道场逐渐荒废。

二十世纪八十年代初，宗教政策得到恢复。九十年代初，有僧人释悟修和尚发心重建布水寺。2001 年后，陆续修缮大雄宝殿和三圣殿，改建寮房，然后，穿井净化水源；佛像装金，斋堂寮房新建，筑起山门和围墙，并全部盖上了琉璃瓦，架设电缆，安装电灯，安装管道，接通自来水等。现布水寺占地约六千三百六十平方米，还有菜地，山地和果树竹林十余亩。

第四节　莲花寺

莲花寺，又叫莲花庵，位于永修县三溪桥镇杨垅村莲花山中，始建于唐朝真元五年（789），为百丈祖师门下的一也上人、无碍禅师开山，至今已有一千二百多年历史，是古禅宗道场，其间高僧辈出，住僧数百，殿宇百楹，山林田产一百亩左右。到宋朝，依然香火鼎盛，法道兴隆。元、明兴废交替，但香火未断，晨钟暮鼓，普度众生。明末名人熊维典有诗歌《宿欧阜莲花庵》：

薄雾轻云霭夕阴，雨余荷气座中侵。
秋来却病移僧寺，夜静闻经清道心。
天上月华浓欲滴，草间虫韵细如吟。
援琴一曲风雷引，水蓼汀花半不禁。

清朝时期香火还比较兴旺，为云居山真如禅寺四十八家下庙之一。据记载，古寺原貌颇为壮观，有大殿三重，庄严雄伟，祖师殿、伽蓝殿、客堂、寮房等建筑规范合理，钟楼、鼓楼、山门一应俱全。寺中原有大钟口径三尺有余，每当晨钟响起，远播数十里，闻者无不欢欣法喜。抗日期间，遭到侵华日军的纵火焚烧，

千年古刹毁于一旦，庙宇逐渐毁废。

二十世纪八十年代末，在原址重建一夯土结构殿堂，称莲花古寺。后来，同安寺慧参和尚接手修复，中间几经波折，现异地扩建重修了三圣殿、斋堂、寮房等建筑。

第五节　南阳寺

南阳寺坐落于白云公路二公里路碑南偏西约二百多米处。据碑志记载为唐代僧人鹤舟在大中三年（849）所创建。延至明清时期，香火依然较旺。

清朝中期的心镜禅师重建了寺庙。心镜(1721-1794)，号霁月，俗姓刘。童年就来到云居山南阳庵，苦读经典，严谨修持。心镜禅师晚年回到了南阳庵，主持寺务。年近古稀，仍发大心愿，不畏创立艰辛，到处募化。他最终重建了殿宇寮舍，添购田产法物，让寺庙焕然一新。圆寂后，葬本寺后山东北麓。

在心镜之后还有广书、雨田、雨林等僧人相继住持，南阳寺声名远播。广书号清曰，嘉庆元年（1796）去世，其弟子况雷雨田、续雾雨林先后住持南阳寺。

续雾（1740-1806），字雨林，俗姓程，建昌县人。幼年入云居山南阳庵出家，自后奋志苦心，竭力耕锄，顶礼佛事，忍苦耐劳。至四十八岁，又到云居山龙溪寺受具足戒，回到南阳庵住持寺务。他不断地续置田产，鼎新殿宇，开拓创新。他终生勤俭，清心寡欲，秉性慈悲，忠直待人，立志坚贞，至老愈健。其塔称雨林塔，至今尚存。墓塔青石碑一块，镌刻有深意的偈语，其中云：

野鸭飞空却问僧，要传祖印付心灯。

应机虽对无种种，才纽纲宗道可增。

一回思想一伤神，不觉反笑器转新。

云在岭头间不彻，水流涧下大忙生。

到了二十世纪五十年代，香火也未断。八十年代，释本悟为该寺住持。目前寺庙占地面积六十余亩，建筑面积约六千平方米，有天王殿、大雄宝殿、千手观音殿、玉佛殿、祖师殿、伽蓝殿、藏经楼、钟鼓楼、禅堂、斋堂、放生池等。寺院山门壮丽，佛殿清净庄严，景色优美，鸟语花香，依山而建，气势宏伟。

第六节　祇树堂

祇树堂，亦称“小庙”，坐落于五龙潭东北侧约三里处，距真如禅寺八里。作为真如禅寺组成之一，祇树堂屡经兴毁。早年有部分僧人在此结茅修行。万历四十年，洪断禅师的弟子常慧来此住持。后受邀回到真如禅寺当住持。颛愚禅师接任真如禅寺住

持后，常慧回到祗树堂。最盛时庙中住僧七十人，被列入清初云居山四十八家下院之一。

其后，其弟子真味云庵（1607-1675）继任。在祗树堂后祖茔僧塔中，就有云庵塔。当时，云庵的徒弟憨庵正在担任宝峰寺住持，他塔葬了师父并刻碑。之后多年，常慧的第四代法嗣轮生、正生禅师管理祗树堂，并传承到了第六代的法嗣清寅禅师。他们分别为祗树堂做出了贡献。乾隆时期，他们被作为祖师爷纪念。墓前刻有纪念轮生、正生、清寅的“祗树堂三祖碑铭”。

常慧的第六代徒孙有清涛、清英、清纪、清美及清寅等。其中，清纪（1660-1727）是一位高僧，号而立，俗姓吴，建昌县人。早年于云居山祗树堂出家，游历四方，中年以后回到祗树堂任住持。他重视农禅家风，带领徒众开垦荒山，披云戴雾，劳作以取食。他的德望高，被尊称为“洞宗砥柱”。

新中国成立后，寂祥、宽怀等先后来祗树堂旧址搭茅蓬修行。1978年，朗耀、一诚等来此修行。后建砖瓦窑自制砖瓦，盖建屋宇。经不懈努力，现已有砖木结构二层楼房一栋，以及香积厨、库房及杂屋数间，总建筑面积达数百平方米。楼房大门东侧门额上方内壁嵌有旧时“祗树禅寺”匾额一块，楼下正厅为禅堂，楼上正厅设为大雄宝殿，塑西方三圣诸佛十余尊。

第七节　上方庵

上方庵，坐落在云居山峰峦之中的刘家坪，距真如禅寺西南约八里，四面环山，群峰叠翠，是云居山中一座古刹。寺庙不通公路，仅有一条山路与外界相连。这里远离尘嚣，人迹罕至，是一处清净修行之地，被列入云居山四十八家下院之一。

上方庵系由云居仰天窝分支而来，始祖是庆传禅师。禅师晚年率领徒众建筑上方庵大雄宝殿、僧寮数栋，添置法物，请来经藏。为了确保仰天窝、瑶田寺、上方庵三处僧众和合，庆传禅师搬来上方庵居住，亲自主事。他分派明白，不容混杂，寺产全部立有契据。清中期的住持丽中（1682-1750）继续努力，重建了寺庙、塑像，使得栋宇宏阔、佛像辉煌，僧舍比连，徒侣云集。乾嘉时期，寺中香火较旺，还曾得到高僧如渭、文庵禅师的护持。丽中的徒孙古鉴（1719-1762）、古镇（1731-1765）、雄寿（1760-1829）、雄庆（1753-1832）等禅师相继在这里弘法。庙侧有祖师塔林，现存共计九尊。清朝《建昌县志》将上方庵列为建昌县重点丛林。

民国以后，上方庵逐渐衰败。抗日战争期间，又遭日军炮火轰炸。1949 年春，因年久失修，殿堂大多坍塌。新中国成立初期，寺中仍有僧人奉守香火。1953 年，当代禅宗泰斗虚云老和尚来山兴复真如禅寺时，上方庵即为尼众居住修行之所。直至 1959 年，虚云老和尚圆寂后，庙宇荒废，土地归属云山林场管理。后又遭到毁损，废为民居。1980 年，慧参和尚来寺驻锡，募款重建。经慧参和尚率众僧数年劳作，共赴艰辛。现在已重建三圣殿、禅堂、寮房、看山楼等建筑数栋。

第八节　宝田寺

宝田寺，原名钟鼓庵，始建于唐代。原址位于宝田桥东岸的山麓，位于白槎、虬津、梅棠的交界点。

乾隆初，当时的住持决定将钟鼓庵迁建于宝田桥西岸山，现在的徐家岭境地，并邀请当地财主张宝田商议迁建事项。张宝田居士当场应允所有迁建费用概由其一人承担，并赠送良田六十亩、山林二十余亩，供僧人生活。他还出资新建了寺庙的前后大殿、斋堂、钟鼓楼、念佛堂、戏楼、厢房等。住持改庙名为“宝田寺”，以纪念张宝田。

嘉庆十年九月，庙主再发宏愿，将此寺加修扩建，镌刻了“宝

田寺”门额，增建山门、放生池等，寺僧常住近五十名。后几经磨难，抗日时期又被日军炸塌。1944 年，当地绅士王绍林、江太松等四人赠送寺庙水田七亩、林地十余亩，重修宝田寺，复建大雄宝殿、厢房十余间。毁于二十世纪中期。

改革开放后，一诚和尚对消失了的“宝田寺”很是牵挂。在

一诚和尚及真如禅寺帮助下，宝田寺得到兴复，先后新建斋堂、厢房、念佛楼、大雄宝殿；兴修了水泥路、围墙，还购置了田地。

第九节　灵应寺

灵应寺，原名冷水观、观音寺，坐落在艾城镇，距福银高速公路收费站一点五公里处，环山面水，闹中取静。据碑载，始建于东晋永和初年（354），距今近一千七百年。创始人为中国传统文化中二十四孝之一“恣蚊饱血”的主人公吴猛，他曾在这里传道授徒。吴猛是道教“净明忠孝派”开山鼻祖及万寿宫主神许真君的师父。

明代初年，辟为冷水庵，清初为云居山四十八家下院之一。后改名寿松庵、寿松寺、寿安寺。抗日时期，寺院毁于炮火。1953年7月，虚云老和尚重兴云居山时，为其往返外地和云居山中转之所。当时寺庙破败，他见状不禁长叹，并物色贤能中兴，后命弟子性福和尚住持弘法。1959年虚云老和尚示寂，性福和尚为报师恩，发愿在原址筹建虚云禅堂，然世事无常，因缘难料，二十世纪六七十年代，风云变幻，寺院片瓦不留。

改革开放后，宗教政策落实，性福和尚在寺院旧址上重新规划筹建一座丛林，并取名虚云禅院，但因缘未遂，没能如愿。后经多方努力，才得以建成。2013 年更名灵应寺，如今，寺庙已初具规模，已建成一座六层厢房，建筑面积达四千七百余平方米。内有药师殿、地藏殿、念佛堂，可容纳二十多名僧人和二百多居士居住。

第十节　庆云禅寺

庆云禅寺，原名为木坑庵，位于云居山南脚下，系明代万历年间曹洞宗高僧、真如禅寺住持洪断禅师创建，为清初真如禅寺四十八处下院之一。

1953 年 8 月 14 日，虚云老和尚率果一、觉民等人，从庐山大林寺出发，当夜入住木坑庵。当时只有砖木结构的一幢三间殿堂，中间为主殿，两侧为上下层的木板楼。虚云老和尚一行在此息心歇脚了一晚。次日，老和尚率众人经黄韶步行上云居山。从此，真如禅寺再度中兴。人们为纪念此事将木坑庵改名庆云庵。

二十世纪六七十年代，庆云庵遭到破坏，殿堂倒塌，杂草丛生，佛像亦露置残垣乱草之间。2008 年真如禅寺方丈纯闻和尚重修寺庙，并更名为庆云禅寺。

如今，庆云禅寺建造了大雄宝殿、头山门、二山门、斋堂、天王殿、禅堂、法堂、云海楼、虚怀楼、钟楼、鼓楼、关房、放生池及围墙等建筑。四周环境相似于云居山上的莲花城，山峰环绕，白云悠悠，晨钟暮鼓，一片清净祥和气象。

第十一节 圆通寺

圆通寺位于云居山登山公路十公里处，寺宇坐西北向东南，前临周田，后倚云居主山五老峰脉，远眺鄱湖，河山壮丽，一览无余。外围是“千重台拥浮幢寺，十丈莲攒泰华图”，地势雄伟，胜境天成。

庆位禅师（1611-1687），字明一，俗姓熊，新建县仙里（今属栖霞镇）人。为圆通寺庙开山祖师，是明末清初临济宗禅师，颛愚禅师法嗣。九岁时，庆位在云居山仰天窝出家。由于其师父很早去世，年轻的庆位就独力支撑，安贫乐道，食物不求好坏，衣服不计新旧。带着弟子们“鸡鸣奉佛，日晓耕山”，锄草灌园，含辛茹苦，维持山门。

明崇祯十年（1637），庆位虚岁二十七岁。高僧颛愚禅师入主真如禅寺，弘传佛法。庆位马上率领弟子们投身门下，深受颛愚的器重，被收为法嗣。

按照颛愚禅师指示，庆位带着徒弟们到云居山的半山腰开创寺院。庆位建寺后，命名为圆通禅院。本地名士袁懋芹撰写了一篇热情洋溢的《云居圆通禅院斋僧碑记》碑文。

康熙十年，庆位又在滩溪创建了光隐寺。他筹款扶助云居山上大部分小庙建设，扶持同山道友弘法。考虑到瑶田寺困苦，就从圆通禅院拿出部分田地给瑶田。募到款以后，分别投入到圆通禅院、光隐寺、仰天窝、瑶田寺等殿宇寮舍建设、佛像购置、法物用具、装金绘彩中去。这些寺庙均被列入云居山下院。

清康熙二十六年（1687），庆位坐化，他的嗣徒为他建塔安葬。袁懋芹撰写了塔铭。塔今尚存，在圆通寺右侧山麓松林间。庆位禅师圆寂以后，本寺几经兴废，数百年来香火未断，隐修衲子，住静高僧，善男信女往来不绝。

进入二十世纪八十年代，承蒙一诚老和尚支持，该寺得以恢复重修，先后建造大雄宝殿、居士楼、方丈楼、寮房及宝塔等建筑。寺前有幽冥钟亭一座，昼夜鸣响。并有石塔建在悬崖之上，高耸云端，极为壮观。

第十二节　其他寺庙

在云居山脚下还有许多寺庙，星布于永修县境内。至清同治时期，有大小寺庙庵堂一百二十二座，清末存八十五座。如今这些寺庙大多已不存，有的只剩遗址。他们与云居真如禅寺曾有过千丝万缕的关系。

1. 临塘寺，位于原燕坊镇临塘村。据《南康府志》《建昌县志》《建昌县乡土志》记载，为唐僧宏道创建，初名临塘院。清末时，寺产仍颇丰，有学堂一所，叫作临塘寺小学。现由信众募资重建。

2. 长亭寺，坐落在永修县涂埠镇兴杨村三房杜村、316 国道旁。始建于宋大中祥符三年（1010），名为“大王庙”，梵宇庄严，僧伽曾达数十人。新中国成立初被改作永修县第一区第一乡政府所在地，1952 年改建为“长里中心小学”。1955 年遭洪水冲毁。二十世纪九十年代得到重建兴复，建有佛陀殿、大王殿、三圣殿，更名为长亭寺。

3. 东源禅寺，又叫东原寺、泗州寺，位于永修县马口镇城山林丰村。宋绍定年间僧人宗道所创建，明正统四年僧人道隆重修。后来逐渐荒废。据载，清朝中期泗州庵菩萨显灵，四方热心捐助，泗州庵再次得以兴复。庵门口有一渡口，故称泗州渡。抗日战争时期，许多百姓经寺庙渡口撤退而得以活命。后来泗州庵得到修复，并改名东源禅寺。2010 年又建了山门。

4. 报恩寺，原名涌泉寺。于明成祖时期建造，最早由梅棠芳桂垅书院的进士、宛平知县彭达在家乡兴建。明成祖敕赐报恩山让彭达建庙，取名为“报恩寺”。传至清嘉庆十八年，栗园村的名宦彭绍著辞官返乡，再次修建庙宇，并邀请正卫禅师住持。此后寺庙香火不断。抗日期间毁于战火。1956 年当地僧俗筹资兴建了三间庙宇。1983 年后，两次重建大殿。

5. 麒麟寺，位于恒丰垦殖场麒麟山下，原为观音寺，始建于明朝，香火盛极一时。后被清兵放火焚烧，屡废屡建。抗战时期再度被毁，只剩一间瓦房。后被当作“四旧”捣毁。1998 年以来，陆续修建大雄宝殿、护坡、围墙、念佛堂、深水井等，更名为麒麟寺。

6. 圣水堂，距真如禅寺西南二十余里，位于云居山横断支脉，现属燕山分场与安义交界处。曾是云居山四十八处下院之一。庙前有一圆塘，约亩许，塘傍尚有残碑二十多块。戒显禅师、元鹏禅师、李道泰居士均撰有歌咏圣水堂的诗。庙内曾挂有西太后颁发的“龙安昭佑”绫质红匾。后来奉祀龙王、许真君等神祇，转为道教场所。

7. 观音寺，又叫观音庵，坐落于云居山白云公路十公里碑西北侧一百五十米，与圆通寺相邻，距真如禅寺五公里。寺庙历经变迁，传法数百年，曾是清初云居山四十八家下院之一。1982 年，比丘尼释大方于此搭茅棚住下，第二年盖起砖木结构大开间式房一栋，分别辟为佛殿、僧寮。又陆续增建了天王殿两侧厢房、念佛堂、斋堂、大寮等设施数栋。至2011年，重新用钢筋混凝土修建三圣殿、天王殿、僧寮、围墙等。

8. 经堂寺，位于吴城望湖亭下。据《云居山志》等典籍记载，在清初时，真如禅寺高僧戒显及其门徒元鹏禅师曾经数次来到经堂寺，为缁素剃度与讲经。抗战时期，与望湖亭一起，毁于日军炮火。现不存。

9. 蟠龙寺，在永修县城阳白莲湖东面。系唐朝释常清创建，旧名马融院，又叫马融寺、上潭寺。明朝正德十二年，建昌知县周广改建为马融书院。康熙五十一年，元鹏禅师弟子释觉华，募资重建为庙宇，改名为蟠龙寺。寺庙规模宏大，建有大雄宝殿、天王殿、禅堂、藏经楼、钟鼓楼、祖师殿、伽蓝殿、斋堂、放生池、沙门、千佛塔等。常住达到数百人。释觉华圆寂后，弟子草荟万法和尚继任。寺庙屡废屡建。日军入侵，蟠龙寺再遭毁灭，众僧流离失散。2002年，应地方信众邀请，僧人释仁范来此搭建棚屋，后建两幢红砖平房。2010年因县城湖东区开发被拆除。至今未能重建。

10. 花昙寺，又名华昙寺、花坛寺、邓家寺，在马口镇仙东邓家村外一里。据记载，最早为唐朝会昌年间和尚僧常所建。宋朝僧人法印（仙东邓氏子）于1073年重建。明朝洪武年间僧人继文重修。花昙寺是清初云居山四十八家下院之一。到了清末，寺产还很丰富，士人多读书于寺庙中。今存寺庙基址。

建昌县令李如圭（1479-1547）曾题写《游花昙寺》：

花昙深院久驰名，梵呗幽间雨正晴。
流水小桥行傍晚，短垣修竹坐来清。
撞钟遥见孤僧暇，纳税犹存百亩耕。
此夜禅房应借宿，欲凭归梦问三生。

11. 石符寺，又叫石符院、石湖院。系宋熙宁年间僧人善能与县尉李公麟奉皇帝旨意建造。当时，诗人洪炎题诗一首《石湖院》。明朝僧人秉初、湛元重修，请熊德阳题写匾额“石符初地”。清朝僧人仲昙曾重修石符寺，被列入清初云居山四十八家下院之一。现在已经毁失。袁懋芹曾赋诗《秋日入石湖山》：

山上松叶响，湖中荷香没。
双眸射落照，孤影就明月。
蔬罄随松杪，茅庵隐竹阙。
呼僧一问讯，将以助幽怛。
僧醉不能语，我心徒有说。

12. 金陵寺，又名金铃寺，在柘林黄荆洞山脚，为宋朝僧人善恩所建，元废，明末重修。寺庙三面翠竹环抱，直到解放初期，山门上书“金陵寺”三个苍劲有力的鎏金大字。门前有两株一千多年的梭罗树，高二十多米，枝叶繁茂。进门建有关羽神座，后廊厢房圮塌无存。数十步至大雄宝殿，正中供奉一尊金身如来佛，四大天王，十八罗汉姿态各异，排列两旁。后殿略小，设文殊菩萨、普贤真人、观音大士等佛龛。香火较盛，每年农历八月初一至十五，各方善男信女，来寺朝觐者络绎不绝。建昌县有民谣：“上有金陵宝盖，下有大寺同安”，人们将金陵寺、宝盖寺（在柘林司马红毛州，已废）与真如禅寺、同安寺并称。金陵、宝盖两家庙宇都属于云居山的下院。现不存。

13. 崇福寺，又叫崇寿寺、崇福庵、崇福观等，坐落于白云公路五公里路碑东北侧，即八间房附近，存部分寺基石。县志记录为宋淳熙年间僧人雁门陈禅师修复，明洪武初年僧人悟道重修。后为清初云居山四十八处下院之一，屡废屡兴。现不存。

14. 慧云庵，又称惠云庵，坐落于云山垦殖场小里村林场西偏北约十九公里之山垄里，五老峰东侧，距真如禅寺约二十三里。明代以前就有此庵，以和尚惠云法号而名“惠云庵”，是清初云居山四十八家下院之一。民国时期，此庵香火较盛。有砖木结构建筑数栋，规模较大。抗日战争时遭炮火焚毁。后又有僧人在这里结茅而居，又遭损毁。现仍可见数百平方米红麻石条块敷面地基，以及石制米臼、引水石槽等遗物。保留着英有祖师僧塔等古迹。

15. 青林寺，古称青萝庵，在九合乡，杨柳津河对岸。始建情况已经失载，数十年前，曾出土过住持缸葬的灵骨。现基地已被平毁，殿宇无存。明末兴盛一时，熊德阳、熊维典曾歌咏此庙，是清初云居山四十八家下院之一。名人宋惕写过《暑夜访熊约生、邓勿非青林寺》：

夜到青林好，山空暑气清。
解君松下语，添我石头情。
吟去轻风落，坐来明月生。
晨钟相待发，幽梦自同醒。

16. 西泉寺，坐落于云居山的蛟村附近（古称西泉山），距真如禅寺约十三里。明末高僧起高智浪曾经在这里住静。熊德阳曾作《赠起高》云：“双鲤泼刺幻如龙，暂寄西泉法水中”。它是清初云居山四十八家下院之一。现仅存部分寺基。

17. 云光寺，又叫云关寺、关房，坐落于云居山北向登山大道十里处五龙潭北，是一个古寺。清朝诗人袁懋芹曾多次遍历云光寺，与庆位、品方等禅师应接，为云光寺题写匾额“邀云贮月”。寺庙存有祖师塔林，安葬了建昌籍高僧清维（1656-1732）、广衍（1701-1751）、佛侍（1698-1758）、广任（1708-1765）等。早毁。现存部分寺基，留有石柱数根，以及石臼、水槽等遗物。

18. 颛愚塔院，也叫颉庵、颛庵，坐落于仰天塘，相传系僧

人自常为了侍奉颛愚和尚塔的香火而创，后为正印禅师、音可所修，聚集颛愚和尚弟子们讲法传道，名僧与诗人多为之题词赋诗。它为清初云居山四十八家下院之一，早毁。

19. 栖传寺，坐落于云居山八间房外东北侧约三里许山麓，距真如禅寺约二十里。据寺后祖师墓塔碑记所载，此寺系清康熙年间，由净旭法灯禅师自同安寺而来此开基，下传溪白，再传朴野诸禅师。乾嘉年间，鼎盛一时，后遭毁。现仅可见数处残墙断垣，以及石臼、石水槽等遗物碎片。有净旭、净裔、胜葵、德翔等祖师塔遗存。

20. 马嘴石院，又称祥瑞庵，坐落于马嘴石半山坳上，距真如禅寺约十三里。仅有一座广友（1690-1739）禅师僧塔。广友，建昌县李氏子，祥瑞庵住持，葬在庙前的青龙山上。其墓和塔尚存。

21. 岩前寺，坐落于云居山西南麓九曲附近，距真如禅寺约二十二里。留有三进房墙、石门柱、石窗架、水池、石槽等遗物。现仅存有旧基和一座建于嘉庆元年的静忠老和尚塔。

附录一：真如禅寺历代住持一览表

序列	僧名	字号	生卒	宗派	住持时间	备注
1	道容				808 年起	云居禅院开山祖师
2	全庆					
3	全诲					
4	道膺		835-902	曹洞	883-902	曹洞二祖，唐僖宗赐额“龙昌禅院”
5	道简		约 835-903	曹洞	902-904	
6	道昌			曹洞	904-905	
7	怀岳			曹洞	905-907	
8	住缘	德缘		曹洞		
9	住满	怀满		曹洞	911-920	
10	智深			曹洞	921-933	
11	清锡			法眼	953-957	
12	融			云门		
13	道齐		929-997	法眼		
14	契环			法眼		重兴云居，宋真宗敕改名为“真如禅院”
15	慧震			法眼		

序列	僧名	字号	生卒	宗派	住持时间	备注
16	义能			沩仰	1017–1021	
17	义德			沩仰		
18	绍遵			沩仰		
19	庆			曹洞	1034–1037	
20	自宝		978–1054	曹洞	1038–1039	
21	心空		约 985–1044	曹洞	1041–1044	
22	晓舜		约 1005–1065	云门	1056–1063	
23	修己	仗锡		临济	1064–1067	
24	志禅			临济	1075–1077	
25	了元	佛印 宝觉	1032–1098	云门		与苏东坡、黄庭坚等人交好，佳话流传
26	元佑		1030–1095	临济		创立“三方诸塔”，与了元交替住持
27	海印		1032–1115	云门	1102–1106	
28	守亿			云门	1107–1110	
29	珣	心印	？–1112	曹洞	1110–1112	
30	思文			云门	1112–1117	

序列	僧名	字号	生卒	宗派	住持时间	备注
31	善悟	高庵	1074-1132	临济	1123-1125	
32	仲和			云门	1125-1127	
33	克勤	无著 佛果	1063-1135	临济	1127-？	门下高僧众多，著有《碧岩录》等
34	宗杲	昙晦 妙喜	1089-1163	临济	？-1133	创立看话禅
35	圆			临济	1132	
36	祖			临济	1132	
37	自圆	普云		临济	1133	
38	如山			云门	1133	
39	法如			临济	1134-	
40	宗振			临济	1145-	
41	德升	顽庵		临济	1155-	
42	庆如	一翁		临济		
43	德会	蓬庵		临济		
44	善开	掩室		临济	1222-	
45	慈觉	即庵		临济	1231	未到任

序列	僧名	字号	生卒	宗派	住持时间	备注
46	梵琮	率庵		临济	1274-	重兴云居
47	宗廓	无外		临济	1308-1311	
48	师大	小隐		曹洞	1333-1334	
49	普庄	敬中 呆庵	1345-1402	临济	1367-1371	重兴云居
50	惠庆				1461-1471	
51	瓒	贵中		临济	1473-1481	
52	方念	慈舟 清凉		曹洞	1575-	
53	明贤	大量	1536-1588		1580-	云居山最为艰难的时期
54	真绍			曹洞		
55	洪断	诸缘	1550-1621	曹洞	1592-1612	南北奔波二十载，重兴云居山
56	常慧	味白 龟山	1557-1643	曹洞		
57	常锦	秀峰 蛇山		曹洞		
58	衡都					
59	都管	寂演			1624-	
60	观衡	颛愚	1579-1646	临济	1637-1644	著有《圆通颂》《插田歌》等

序列	僧名	字号	生卒	宗派	住持时间	备注
61	如玺	方融		临济	1645-1647	
62	戒显	晦山	1610-1672	临济	1651-1661	著《禅门锻炼说》等
63	元鹏	九屏 燕雷	1617-1677	临济	1661-1677	编著《云居山志》
64	肇隆				1677-1678	
65	常源	海目	？ -1682	临济	1678-1690	
66	密兴	莪山		临济	1690-1694	
67	元宗				1695-1697	
68	重本	一木		临济	1698-	
69	天祚	德胤			1711-1717	
70	明熙	佛日			1727-1731	
71	天灿			临济	1732-1735	
72	熊云				1743 年前后	
73	璜	佩璋	1689-1756	临济	1741-1756	1741 年受邀未就，前任住持圆寂后入主
74	学道				1775-1785	
75	显洁			临济	1804-1812	

序列	僧名	字号	生卒	宗派	住持时间	备注
76	达旭			临济	1821-1830	
77	智根				1893-	
78	本来			临济	1912-1915	
79	净尘				1915-1922 1925-1929	
80	昌桂				1922-1925	
81	了尘			临济	1929	
82	性福	园空	1893-1966	沩仰	1929-1956 1958-1966	邀请虚云老和尚上山重兴真如禅寺
83	海灯	无病	1902-1989	沩仰	1956-1958	以一指禅闻名
84	传觉	悟源	1895-1983	临济	1981-1983	改革开放后真如禅寺首任住持
85	朗耀	妙道	1918-1985	云门	1983-1985	
86	一诚	衍心 常妙	1927-2017	沩仰 临济	1985-2005	曾任中国佛教协会会长、名誉会长
87	纯闻	养济	1971-	沩仰	2005-	

说明：由于有的住持先后多次住持云居山，同时因资料不全，可能有遗漏现象，因此表格中的“序列号”只能代表已知住持过云居山的人，而不能代表其为哪一任住持。

题赵州关

进此门不许尔七颠八倒；
到这里哪管你五眼六通。

题　山　门

法雨来青岳；
宗风启洞山。

题虚公塔院大门

鼓山兴学南华弘律乘愿再来了往事；
鸡足安禅云居摄众所作已办入涅槃。

题虚云纪念堂

坐阅五帝四朝不觉沧桑几度；
受尽九磨十难了知世事无常。
选佛场开宗古佛；
传灯会启续心灯。

悟彻禅宗第一义；

源穷法界不二门。

题虚公塔

虚空悬宝明；

云海显真身。

人空法空过宇宙无穷国土；

心净土净尽大地莫非道场。

来此瞻礼虚云塔你就将谁见；

去若参谒祖师殿莫错认无生。

题天王殿

云拥周沙界，

居水月道场。

未跨门栏谩言休去歇去；

已到宝所哪管船来陆来。

日日携空布袋，少米无钱，

只剩得大肚宽肠，不知众檀越信心时，用何物供养；

年年坐冷山门，接张待李，

总见他欢天喜地，请问这头陀得意处，有什么来由。

尘外不相关几阅桑田几沧海；

胸中无所得满湖明月满云山。

题大雄宝殿

两手把山河大地，捏瘪搓圆，洒向空中毫无色相；

一口将先天祖气，咀来嚼去，吞到肚里大放光明。

性海涵空，普滋万类，一切圣凡出没其中，深见灵源浩淼；

觉皇御宇，统摄三千，百亿河山流峙厥内，且瞻佛日辉煌。

题上客堂

草鞋踏破到此般般放下；

肩膀磨穿从今步步登高。

僧拙唯知专净业；

客来幸勿带红尘。

题 客 堂

客尘易伏家贼难防各自谨守；

堂前扫净宾主相见去送来迎。

题 祖 堂

创业诚难今日勿忘前日德；
立基匪易先人只望后人贤。
祖宗提唱，各立门庭，谁知奇特语中无非方便；
衲子秉承，本分顿渐，苟能妙明体尽全在逢缘。

题祖师殿

祖意西来寂寂一苇云月冷；
禅风东播漂漂雨岸蒲梅新。

题 法 堂

地裂龙潭涌现大千世界；
天上云居总持不二法门。

题 丈 室

大道无私玄机妙悟传灯录；
因缘有份胜地同登选佛场。

谁云有道有禅任汝雨宝弥空总是鬼家活计；
这里无棒无喝不妨拈草作药坐令天下太平。

题功德堂

功德祇园，果因不昧；
德辉西域，福慧无疆。

题韦驮殿

护法安僧，亲受灵山咐嘱；
降魔伏恶，故观天将威风。

题伽蓝殿

资护法于伽蓝，笙磬声中标玉尺；
遵遗嘱于佛勒，频繁坐上礼金仙。

题报恩堂

知本返本报本，心心自照本，来彻参面目；
佛恩国恩亲恩，世世普资恩，有圆满菩提。

题　禅　堂

智水消心火；

仁风扫世尘。

禅宗法门不二；

堂中妙谛宜参。

题禅堂佛龛

愤志不知寒夜永；

笃行那觉暑天长。

远上云居生雨露；

高登真如传国恩。

宝峰取宝宝无尽；

禅寺参禅禅有机。

题　斋　堂

粥来饭去，莫把光阴遮面目；

钟鸣板响，常将生死挂心头。

题　库　房

杨岐灯盏明千古；
宝寿生姜辣万年。

题西归堂

日轮西去了知娑婆光阴有限；
净土归来始信极乐寿命无穷。

题　后　门

翠竹黄花尽含祖意；
青山绿水全露真容。

附录三：禅歌专辑《云居真如禅》

老　和　尚

作词：陈光来

作曲：田信国

三步一拜到五台，一声杯碎顿悟开。
百年苦行度众生，一件衲衣承五脉。

一杖一笠云山外，亦禅亦农真如来。
闭目观心大菩萨，慧灯长明耀四海。

老和尚，虚云老和尚。
坐阅五帝四朝，一百二十载。

老和尚，虚云老和尚，
受尽九磨十难，云居莲花开。

东坡佛印在云居

作词：陈光来

作曲：熊晨光

从前有座山，山上一座寺。
方丈是佛印，朋友叫苏轼。
碧溪门前过，水边有块石。
禅茶邀明月，坐谈佛家事。

山是云居山，寺叫真如寺。
古刹访禅祖，与云论心事。
佛印禅慧深，东坡大学士。
八风吹不动，千年传趣事。

东坡与佛印，一僧一居士。
人去诗文在，佳话天下知。

云水禅心

作词：陈光来

作曲：高　志

我是水升腾的云，
你是云飘落的水。
云居山里，有一种美好圆满的轮回。
我是心悟开的禅，
你是禅得道的心。
菩提树下，有一种千年不变的追寻。
水是前世云，云是来生水。
云是天空禅，水是大地心。

云水禅心观无常，
心是水漂浮的禅。
水在心上流，云在禅里飞。
我是云的水儿，你是水的云儿。

云水禅心观自在，
禅是云流淌的心。
云做水的禅，水做云的心。
我是你的前世，你是我的来生。

真 如 茶

作词：陈光来

作曲：路　勇

长在丛林里，天地取精华。
云雾中得道，落入僧人家。
碧溪寺前过，云水泡冬夏。
一声杯落醒，心中开莲花。

云居真如茶，遇水吐新芽。
空杯藏五蕴，暖也好，凉也罢；
苦尽甘来味最佳。

半壶真如茶，提起还放下。
都说吃茶去，浓也好，淡也罢；
人生就像一杯茶。

天上云居

作词：陈光来

作曲：苏　娜

山峰环列，
宛如一朵盛开的莲。
莲花城里，
真如寺在云水之间。
过了赵州关，
走进快乐自在的田。
明月湖面，
升起清风袅袅的烟。

千年银杏，
撑起一片清净的天。
五老峰前，
笑看天下聚散的宴。
走在佛印桥，
碧水摇曳虔诚的脸。
谈心石上，
传来明月朗朗的禅。

啊，云居真如，我的天上人间。
触手可及的云，高不可攀的山。
飞流直下的瀑，深不见底的潭。
肃然起敬的塔，拿起放下的缘。

云 居 山

作词：陈光来

作曲：敬善媛

碧溪百花，空山色万千。
云起丛林，紫霞落门前。
半壶茶，檀香青烟。
问僧云居事，遥指山外天。

木鱼袈裟，钟声五更寒。
欢喜自在，悟开湖中莲。
炉火热，岁月增添。
笑谈当初人，山下已千年。

云水苍茫，何处是彼岸。
芒鞋踏遍，山花烂漫。
蓦然回首，放下万缘。
云居真如，原是梦中山。

念佛是谁

作词：陈光来

作曲：熊初保

伴唱：参啊呀参呀参……

我未生前，谁是我呀？
生我之后，我是谁呀？
我从哪来？要往何处？
大疑大悟，莲花开真如。

老实念佛，谁在念呀？
一心参禅，心在哪呀？
坐香佛前，了无挂碍。
万缘放下，处处现如来。

念佛是谁？照顾话头。
不可说，不可说。
万法空相，一切皆为虚幻。

念佛是谁？照顾话头。
不可说，不可说。
拈花微笑，刹那便是永恒。

云居真如禅

作词：陈光来

作曲：田信国

云居山水间，虚空皆是禅。
悠悠随风去，心中一朵莲。
莲开明月湖，湖天月对眠。
晨钟甘露降，佛光在眼前。

真如禅随缘，自在云外天。
攘攘多少事，成败一缕烟。
烟起乱风云，云绕菩提边。
是非眼前过，我是云中禅。

银　杏

作词：陈光来

作曲：高　志

千年云居老银杏，
历经风霜菩提情。
有实无心结善果，
和尚门前扫黄金。

一树撑开天清净，
只缘真如慧根深。
晨迎钟声暮伴鼓，
道膺原是种树人。

云 归 处

作词：陈光来

作曲：桑吉平措

白云青嶂影重重，
来来去去无迹踪。
千回百转寻不得，
坐看云起卧听钟。

云归深处现峥嵘，
月出中天五蕴空。
山僧本是自在客，
莲花开在虚云中。

若问云归处，禅月邀清风。
风过菩提树，虚空妙无穷。

赵 州 关

作词：陈光来

作曲：路　勇

风撩起你的长衫，你的脚步坚定潇洒。
走进赵州关，眼前一片紫霞。
你看见了一盏灯，那里有盛开的莲花。

云朦胧你的脸颊，你的背影定格成画。
过了佛印桥，所有名利放下。
你找到了自己家，从此后便没了牵挂。

青丝落下，披上袈裟。木鱼声声，与佛对话。
几缕青烟，半壶禅茶。自在了春秋，欢喜了冬夏。
你的背影渐行渐远，你的脚印一步一莲花。

出　　坡

作词：陈光来

作曲：高　志

伴唱：出坡……

晨钟暮鼓梵音远，云居禅门僧不闲。
日不劳作日不食，出坡坐香皆我愿。
采茶掐去出头尖，插身倒退即向前。
僧在田里低头作，禅由心底上眉间。

出坡咯，出坡，
亦禅亦农，欢喜在佛前。
出坡咯，出坡，
春种秋收，一年又一年。

朗诵：
诸佛子，同我去，深泥田里好相聚。
拽耙鞭牛真快活，畦似菩萨福田衣。
诸佛子，同我来，及时应节莫挨排。
插得一苗一佛现，千花万叶皆如来。

上　山

作词：陈光来

作曲：陈光来

云居山下，别了江中船。
乱峰深处，崎岖路遥远。
遇见牵马人，行云流水。
暮鼓送月，观照空山霜寒。

清风丛林，日落倦鸟还。
杖笠芒鞋，踏遍云外山。
过往名利事，飞烟沉帆。
蒲团禅坐，放下红尘万般。

喔，上山、上山。
层峦叠嶂，莫道禅关难。
喔，上山、上山。
菩提树下，最是自在圆满。

禅

作词：陈光来
作曲：熊初保

禅月迷人的月，
月缺月圆，照着娑婆世界。
禅缘上等的缘，
缘聚缘散，耕种因果福田。
禅杖觉醒的杖，
杖起杖落，拨开红尘迷茫。
禅堂解脱的堂，
堂里堂外，沐浴温暖佛光。

啊，禅啊禅！
山是禅、水也禅，东西南北处处禅。
天是禅、地也禅，风霜风雪皆是禅。

禅语智慧的语，
语重语轻，品悟天下道理。
禅意美妙的意，
意深意浅，修来自在欢喜。
禅音空灵的音，
音高音低，抚慰孤寂心灵。
禅心慈悲的心，
心正心邪，善恶自有分明。

啊，禅啊禅！
花是禅、叶也禅，春夏秋冬时时禅。
我是禅、你也禅，行住坐卧皆是禅。

舍　利

作词：陈光来

作曲：苏　娜

因为风雨沧桑岁月的磨砺，
才那般晶蒙透剔。
因为忍辱苦行悟开的菩提，
才如此斑斓奇异。
乌山缘起，追随虚公脚印。
一心真如，历经磨难不移。
厚德宽怀，振兴样板丛林。
承前启后，弘扬佛陀真谛。

啊，一诚舍利！娑婆世界里的圆满。
慈悲济世，遂了平生宏愿。
一代宗匠，把法脉扛在铁肩。
啊，一诚舍利！熊熊烈火中的涅槃。
不生不灭，广结万物善缘。
一片刹那，永恒在云水之间。

真如传灯

作词：陈光来

作曲：释德理

看风水的头陀，梦到了莲花城。[1]
瑶田寺的禅师，点亮了那盏灯。[2]
曹洞山的和尚，带来了一部经。[3]
千年后的云僧，中兴了这祖庭。[4]

赵州禅茶香。[5]佛印性情真。[6]
克勤门下旺。[7]洪断扫世尘。[8]
观衡插秧歌。[9]戒显锻炼文。[10]
虚云保衣。[11]一花五叶青。[12]

一盏灯，一部经。
多少磨难，多少梦醒。
一句佛，一生情。
何等欢喜，何等憧憬。
啊，真如传灯，更有后来人。

注: 1. 真如禅寺建寺于唐宪宗元和年间。有一位精通风水的司马头陀，与道容禅师同登云居山顶；见一盆地被群峰环绕，宛如一朵巨大的莲花，

形成一座莲花城，便开基建寺。

2. 道容禅师原在云居山脚下瑶田寺修行，后来成为真如禅寺的开山祖师，因此，有“先有瑶田，后有真如”之说。他是点亮真如禅寺青灯的第一人。

3. 道容开山建寺七十多年后。曹洞宗二祖道膺禅师来主此山。从此僧众云集，名震天下，使云居山成为曹洞宗的发祥地。

4. 真如禅寺几度兴衰。近代因抗战被日本飞机轰炸而毁。1953 年虚云老和尚以一百十四岁高龄上山，重建殿堂，再塑佛像，佛法远播，又一次中兴了真如禅寺。

5. 唐朝赵州从谂禅师虽然没有做过真如禅寺的住持，但他是一代宗师，曾上山与道膺禅师品茶论道，后人在两师应机对语处，建了赵州关。赵州和尚“吃茶去”的公案对佛教的影响颇大。

6. 佛印禅师是北宋高僧，住持真如禅寺多年。他佛学精深、性情豁达、风趣幽默，与苏东坡、黄庭坚等文人墨客关系甚笃，留下了许多诗文趣事和古迹。

7. 克勤禅师为临济宗高僧，住持真如禅寺期间，门下人才济济，所传法嗣数十人，并且大多也成为一代宗师。

8. 元末，真如禅寺遭火焚毁。洪断禅师原是北京万佛堂住持，得悉云居祖庭沦为放牧场，便毅然南来，以图复兴。他奔波南北两地，备受艰辛。神宗御书匾额楹联，以示嘉勉。联云：“智水消心火，仁风扫世尘”。

9. 观衡禅师为明末清初高僧，在真如禅寺艰难之时，应邀禅寺住持。他严己宽人，凡事亲躬，博学多才，倡导重视农禅并重，作有五千言的《插田歌》，影响很大。

10. 戒显禅师住持真如禅寺，最大的贡献是晚年著写了《禅门锻炼说》一书。它对禅修有非常大影响力，至今都在沿用。

11. 虚云老和尚是禅门泰斗，发起成立中国佛教协会。他历经磨难，一身承系五宗法脉。最后六年在云居山度过。圆寂前告诫弟子：你们要保护好我这领衲衣，它是我拼死拼活争来的。弟子问：如何才能保护得好？他只说了一个字：戒。

12. 禅宗传入中国后，共派生出五宗。即法眼、曹洞、云门、沩仰、临济。故有“一花五叶”之说。虚云老和尚承接了这五家法脉，并使之光大。

后　记

因缘和合，《云居禅话》得以出版。

此书缘于永修县政协的策划与实施，要致谢的人很多。首先感恩中国佛教协会名誉会长传印长老，以九十四岁高龄题写书名；感恩真如禅寺方丈纯闻大和尚、知客师耀伟等众位法师审阅指导。需要说明的是，本书的大多图片由真如禅寺提供，且未能署名；少数图片由于建勇先生收集，原作者姓名不详；因此，借此机会向图片的原创者表达衷心地感谢，如见此书，可以联系永修县政协文史委，即奉上赠书。最后要感谢本书的责任编辑全秋生先生的辛苦付出。

巍峨云居，高山仰止。鉴于我们知识水平所限，慧根浅薄，书中错误在所难免，还望各位读者批评指正。

编　者

2020 年 10 月 25 日 重阳节